大熊来前道晚安

[日]岛本理生 著
魏海燕
杨晓钟 译

陕西新华出版
陕西人民出版社

图书在版编目（CIP）数据

大熊来前道晚安／（日）岛本理生著；魏海燕，杨晓钟译. —西安：陕西人民出版社，2024.6
ISBN 978-7-224-14730-8

Ⅰ.①大… Ⅱ.①岛… ②魏… ③杨… Ⅲ.①短篇小说—小说集—日本—现代 Ⅳ.①I313.45

中国版本图书馆CIP数据核字（2022）第215576号

著作权合同登记号：25-2024-111
OOKINA KUMA GA KURUMAENI, OYASUMI by SHIMAMOTO Rio
Copyright © Rio Shimamoto 2007
All rights reserved.
Original Japanese edition published in 2007 by SHINCHOSHA Publishing Co., Ltd.
Chinese translation rights in simplified characters arranged with
SHINCHOSHA Publishing Co., Ltd. through BARDON CHINESE CREATIVE AGENCY, Hongkong.
Chinese translation rights in simplified characters copyrighte © 2024 by Shaanxi People'sPublishing House, China

出 品 人	赵小峰
总 策 划	关　宁
出版统筹	韩　琳
策划编辑	晏　藜　王　凌
责任编辑	张启阳　王　倩
装帧设计	哲　峰

大熊来前道晚安
DAXIONG LAI QIAN DAO WANAN

作　　者	［日］岛本理生
译　　者	魏海燕　杨晓钟
出版发行	陕西人民出版社
	（西安市北大街147号　邮编：710003）
印　　刷	陕西隆昌印刷有限公司
开　　本	889毫米×1194毫米　1/32
印　　张	5.125
字　　数	100千字
版　　次	2024年6月第1版
印　　次	2024年6月第1次印刷
书　　号	ISBN 978-7-224-14730-8
定　　价	49.80元

如有印装质量问题，请与本社联系调换。电话：029-87205094

目录

大熊来前道晚安 001

鳄鱼的午睡 057

在猫和你的身边 113

后记 158

大熊来前道晚安

"像你这样的我们常遇到,觉得采取措施了就没什么问题,结果意外怀孕,难以接受事实……你要知道,任何措施都不是绝对安全的。好好想想到底要怎么办,尽早再来医院吧。"医生的脸上带着微笑,我这样的女人他一定见过太多,才会在此时如此地善解人意。

从医院出来,我只想找个什么地方休息一下,于是走进附近的公园,在一个长凳上坐下,抬头仰望天空,发现天空中只有乌云。才在暖气房里面焐热的身子,这会儿逐渐变得冰冷。寒风像是在拯救脚下的落叶，吹得原本落下的叶子又一次在空中飞舞。我望着翻飞的落叶，动弹不得。

我们偶尔聊到结婚的事情。

和彻平一起生活已有近半年了。从开始交往，我们就搬到现在这所房子居住。一切本来是平凡而幸福的，可最近我的心中却隐隐不安，没有着落。那个周末一起吃饭时，读大专时结识的学姐吉永看穿了我的心思，对我说道："珠实，没想到你这么守旧，难道你认为在一起生活久了，就一定会结婚吗？"

学姐的这句话击中了我的痛处。

"急性子不能说不好，不过有些事不能操之过急。等你们的关系更巩固了再考虑这些可能会比较好。再说了，你也需要时间好好看看对方的性格——毕竟是一辈子的事儿。"

我不知该如何回答，低头沉默不语。吉永学姐拿起牛肉盖浇饭边上装着苹果的小盘子，递到我面前，"别哭丧着脸了，劳累的时候要适当补充维生素，要不气色会变差，我看你最近皮肤都不太好了。"

听了这话，我嘴里嘟囔了句谢谢，拿起苹果啃了一大口。果子的清香快速占据了我的脑袋，让我的心稍稍平静。我把整个苹果都吃光了，抬头望向窗外，晴朗的天空下阳光在高层建筑的玻璃间折射，不断发出耀眼的光芒。

最近这些日子，每当躺在床上准备入睡时，我都会低声祈祷，愿自己不要做噩梦，愿自己今晚能睡个好觉……感觉这样的自己有些神经质，却又无法停止。这低声的祷告，如同某种阴森的诅咒。

彻平从刚才就一直躺在我身旁看书，他把书放在被子上，左手翻页，右手牵着我的手。他经常失眠，和我说是从小睡眠就很轻的缘故——记得第一次住在我这儿时他就这么说，从那时起，我们睡觉的时候总是手牵着手。

"睡不着吗？"彻平合上书问道。

"马上要睡着了。"听到我撒的谎，彻平似乎放了心，说道："你要睡的话，我也不看书了，陪着你一起睡。"

他伸手按下枕边的按钮，关上了灯。

黑暗铺满了卧室，我依旧清醒。

"快睡着了吗?"耳旁传来他略带担心的声音。我像个孩子似的应了声"嗯"。

"不快点儿睡,大熊是不是就会来把你吃了?"他笑着问道,我也跟着他笑出了声。

"是呀,所以必须赶紧睡。"

"自从听你说了大熊的故事,我还问过家在北海道的同事,他们没有一个人知道这故事。"

"我爸是从我奶奶那儿听来的,虽然我们家在北海道,但是这个故事可能来自其他地方吧。"

我们就这样有一句没一句地聊着,不一会儿就听到彻平熟睡的呼吸声。

我睁开眼,望向一片漆黑的天花板。

"快点儿睡,小孩子要是总不睡觉,大熊就会来吃掉你哦。"

父亲总是这样对我说。

小时候每当我摸黑看书,就会感受到屋外他越来越近的气息,接着就是猛地推开我房门的声音。爸爸妈妈睡在另一间屋子,按理说我是不会知道他的到来的,但每当黑夜降临,我的感觉却总是很准。我匆忙合上书，假装已经睡着，房门再次关上，隔着眼皮儿能看得到从走廊亮起来的微弱灯光，又随着父亲的离去而消失。于是，我的耳朵里就会响起自己轻轻的叹气声——这时我就开始祈祷，默念那句早已在心中背得滚瓜烂熟的语句……

"再不睡的话，大熊就会到来。"这神奇的说法，出自出生在北海道的父亲之口。那天，他指着电视里播放的北海道的雪景说道："爸爸小时候就是在这儿长大的，你去世的奶奶也一直生活在北海道。我从小到大一直住在城市，而你奶奶一直生活在乡下。那儿时常会有熊出没，真有人因此丧命，所以大人们总会吓唬不听话的孩子，说会有狗熊来吃掉他们。"

要真是那样，为什么没有熊来吃掉爸爸呢，难道是爸爸比我听话吗？小时候，对于这点我难以理解。每当我对彻平说起小时候父亲给我讲过的大熊的故事，他总会歪着脑袋说道："从没听过熊吃孩子的故事啊，一般都是说妖怪啊，人贩子什么的……"

我时不时和他讲起这个故事，他之前没听过，后来记熟了，偶尔睡不着的时候，就在黑暗中主动和我聊起大熊的故事。

那时，总觉得彻平的侧脸，像极了小时候我眯缝着眼睛看到的父亲的脸。

彻平是个普通的公司职员，我是一名保育员。生活忙碌，只有周末我们才有机会一起吃午饭，所以每到周末，我总会多花些心思做饭。

我把刚买的紫甘蓝和圆生菜切碎，泡进盛有冰块的水里，趁这个时间煎一下培根，把煎好的培根直接放在盛盘的沙拉上。培根的油脂自然浸透在蔬菜里，这样做出的沙拉不仅不会寡淡，还多了层肉的香气。沙拉酱可以只用盐和柠檬汁代替。接下来，其他的菜也可以盛盘了。

"饭好了哦！"我一边往碗里盛着洋葱蘑菇汤，一边喊在房间里看邮件的彻平吃饭。

不知是不是因为昨晚的应酬喝多了，彻平的眼睛有点儿肿，他揉了揉眼睛走过来坐下，用叉子扎了口沙拉，放进嘴里，然后哑着嗓子说："这个好吃哦！"

"秘诀是要把培根煎得焦脆。"

一边聊着，我伸手去拿盘子里的面包。附近新开了一家砖混建筑的面包店，面包做得不错，会在面包里包上切成四方形的大块儿奶酪。我咬了一口，刚烤好的面包热气腾腾。

彻平一手拿着面包，一手用遥控器打开电视。正在播放早间新闻。像这样和他面对面，一边看着电视一边吃早餐，已经不知是第几次了。

"你最近好像在做咱们婚礼的彩排啊？"他大口吃着面包说道。

"嗯，怎么了？"

"真是太神奇了，我甚至连想也没想过自己会结婚。说什么幸福的家庭生活……只是看看书和电影里表演的样子我就已经受不了了——早上起来，家里人相互微笑说一些毫无意义的话，吃早餐……这样的生活要在一生中重复几十回、几百回甚至上千回。这样想着，婚姻似乎是什么赛道的起点。一想起遥遥无期的幸福，我就如同在玩一场没有目的、永不终结的游戏，这可真令人烦恼啊。"

要是我们刚开始谈恋爱，听到他这番话，一般人都会伤心绝望的吧。我心里这么想着,问道:"你忘记求婚的时候自己流过的泪水和激动地许下给我的誓言了吗?当时的你告诉我,拥有自己的家庭一直是你最大的愿望。怎么如今又说出这种话——你为什么会有这种一面肯定家庭生活,一面又不愿接受的态度呢?"

"不知道,也许是因为我从没认真考虑过这个事儿吧。"

"那可不行。要那样的话,你现在好好考虑一下吧。"我满脸认真地说,他面露难色,笑道:"其实我只是在开玩笑,并不想深究这个话题,我觉得继续下去的话,或许我的哪个想法又会惹你生气了。"说着,他用叉子扎着盘里的生菜,一边吃一边对我说道:"珠实你怎么总是这样啊,什么事都这么认真……"

听起来是句表扬的话,但不知为什么,我却觉得有些不舒服,"因为啊,我觉得不把事情说透,许多问题都会积压起来最终得不到解决吧。"

"但大部分人都会觉得,一些小问题根本就不值得拿出来讨论。"

"……是吗?"

一些迄今为止我自认为理所当然的事情，和他一聊就会轻易遭到否定。正因为喜欢对方，所以当彼此价值观出现差异的瞬间，我总是下意识地退让。

"你至今交往过的女生，都是对细腻情感无所谓的性格吗?"每当谈到过去，我的内心总会和嫉妒博弈一番，自从和他恋爱，我意外地发现，自己竟是一个嫉妒心强的女人，"是不是她们都觉得，哪怕自己无法理解，也没必要刨根问底弄个清楚?"想来想去，我只委婉地嗔了这一句——我就是这种性格。

"是啊，好像没人会深究我说过的闲话。"

"要是净和那样的人交往，那为什么又会找上我呢?"我的声音稍稍有些升高。

这时他有些不高兴，噘着嘴说道："那还不是因为……我们刚一见面，你就盯着我一个劲儿地看……嗯……那，总之……肯定会误会你对我有意思啊……所以我才说你这样的个性要改改了。"

"人家明明什么也没做!"我这么一嘟囔，他便苦笑着说道："总之那之后我就平静下来了，对别的女人没那方面的心思了。"

"我是该高兴还是该悲哀呢?"我笑道。

"我觉得我们一起生活挺合适的。"说完彻平把最后一片面包泡进汤里吃掉了,吃完后他说了句"承蒙款待"便起身离开,看电视去了。

收拾好碗筷,我开始做出门的准备,今天我要和吉永学姐见面。

"吃晚饭的时候我就回来了啊。"我对躺在沙发上打盹儿的彻平说道。

"……嗯,知道了,不好意思……昨天因为有应酬,回来得晚了,所以还有点儿困……"

"没关系,我会和朋友玩个痛快,你也好好在家休息吧。"

"要是回来得晚的话,打电话告诉我一下,虽然还没见过面,但也帮我给吉永带个好吧。"彻平说道。

我笑着跟他挥挥手,穿上白色短大衣,围上红色披肩出了门。

正值隆冬,外面寒风呼啸。

第一次见到彻平,我的脑海里就不断地回忆起我的父亲。

我和彻平是朋友介绍认识的，他话不多，脸上的表情像在告诉别人，他是个深沉的人，想说的话早就塞进肚里了，不过一喝酒他的话就多了起来。表面看起来他是性格开朗的人，可眼神总透着冷漠。有时他会故意调侃自己博大家一笑，可别人真的想开他的玩笑，他却从不上当。他看上去一副处处谦卑的样子，其实内心有着极其自我的一面，这样的反差，让他总是不能很好地隐藏自己——他不小心暴露出本性的样子，跟父亲非常相似。或许是他的这些特质吸引了我，让我不能平静，无法将视线从他身上挪开。

我记得交往了一段时间后，有天我们在站台等候回家的电车，他突然问道："能去你家吗？"他那无比渴求的眼神，我至今仍印象深刻。我觉得他肯定不擅长和小孩子、小动物打交道。他身上有种特质，让人感觉与那些有着旺盛生命力、天真无邪的事物格格不入。

最终他还是来了我家，一边喝着我冲的咖啡一边说："虽是第一次来，但这房间却能让人内心平静。"

他靠在墙壁上说出这番话。因为放下了伪装,脸上忽然失去了之前和蔼的笑容。

或许他这种巨大的反差一直在警告着我,让我不要接近他。但是我仍然像飞蛾扑火一样朝着爱情飞奔了过去。尽管心里明知这样做必然会在未来的日子里给自己的生活带来不幸。

我是那样地害怕并深爱着他,在我的心里,他是牵动我情感的令人恐惧的天使。所以,每当我看到彻平温柔地抚摸路旁的小猫,或是深情地望着婴儿车里撒娇的小宝宝,内心就会为之一惊。一次我为幼儿园的游园会制作装饰时,他竟然罕见地来帮忙。在游园会当天,他做的热气球、松鼠,甚至可以混进其他老师的精巧作品中。

他是一个有话直说的人,但也因为这份直爽,他从来不为自己的温柔索要任何回报,这是我非常喜欢他的地方。一次我问他:"彻平,你的温柔流露得如此自然,是教养好的缘故吧?"

他听了惊讶地说道:"我生平第一次被别人这样夸赞。"脸上流露出一丝愉悦。

或许，要是没有那晚的事的话，我与他一定会在平凡的幸福中安静地活下去吧。又或者，毫无风波的生活只是人不切实际的奢望，不知何时，那样的夜晚迟早还是会降临吧。

那天我与吉永在新宿一起逛百货商场，回家的路上顺道去了高野的水果蛋糕店。见到店员端来满是哈密瓜和冰淇淋的水果蛋糕，吉永高兴地握紧勺子，用熟练的手法边吃边说道："你们见面当天就'那样'，嘿嘿嘿……这种开始恋爱的方式，说实话我还是有些担心的。怎么说呢，有点不太像珠实你的风格，或者说，我一直认为你应该是更加谨慎的女性才对。"吉永绝不会在背后随意指责别人，在她看来，那是件非常愚蠢的事，不如有话直说——我很欣赏她这种性格。

"当然了，爱情这种事情谁也说不准会怎样发生，如果你所做的这一切只是因为你喜欢他，那我觉得也无所谓了。"

我心里想起彻平，只感觉像是一个人闯进了漆黑的洞穴。完全不似吉永学姐说的那种充满能量的爱。

然而如果我这样说了，只会引起她不必要的担心。所以我没能说出口，换了个说法："没关系的，现在的我们每一天都过得很平静。"

"那他还真是可靠啊，"说着吉永也笑了，"珠实啊，你确实有很坚强的一面，但总喜欢把所有负担一个人扛，要当心身体哦。上大专那会儿你自己累得晕头转向，还要找工作，记得确定现在幼儿园这份工作后，你不是还晕倒过吗？不要太勉强自己啊。"

她最后这几句，俨然就是母亲的口吻。可能正因为这样，我才会这么喜欢她吧。

吉永学姐上身穿着一件高级的灰紫色外搭，里面搭配白衬衫，下身穿着一条开衩高腰裙，指尖做了白色的法式美甲。虽只化了淡妆，但这似乎更能凸显她长长的睫毛。一眼望去绝对是位美丽高雅的女子，可她的内心却像是平常人家乐于助人好管闲事的大妈一样。这种内外的反差，让她也颇受女生欢迎——上学那会儿学姐身边从不缺朋友。

如果我有学姐一点点的优点就好了，这样我就可以更好地对待自己的生活了吧？

可惜我做不到。我无法像学姐一样做一个洒脱的人，更无法轻松地跟彻平谈论爱情。虽然彻平很多时候都会站在我这边，但我们也有许多完全不同的地方。当我们出现分歧时，两个人的情绪就好像赤脚走在了一条尚未完工的马路上，路面布满石子。我们的话语中不再是联络感情，而是在较量彼此的忍耐力。

在这样的较量中所发生的令我痛彻心扉的事，无论是吉永还是其他任何人，我都无法诉说——因为在那样平凡的夜晚，我遭受了如狂风般突如其来的暴力。

如今我早已记不清那天夜里被揪掉头发的痛和他脚踹在我背上的眩晕感，我并没有觉得那有多可怕——我被他拽着头发将脑袋猛烈地撞击在墙壁上，之后，又重重摔在地板上。那时我从黑暗中仰望彻平，我以为展现在我面前的将会是一张魔鬼的面孔，但与之相反，在他的眼中丝毫看不出任何情感，甚至连憎恨的样子也没有。

即便是在这风和日丽的午后，我仍能清晰记得，从那时起，我们的爱情之花就渐渐枯萎。

遭受暴力的起因只是一件无足挂齿的小事，当时我们一起看电视，因为广告里的新人偶像是否可爱，两人争论起来：

"她长着一副啮齿动物的模样，看上去傻死了，真让人讨厌。"彻平不假思索地说道。

我从小就常被人说长得像仓鼠，听彻平这么一说，一下子来了气，拿起手边的抱枕朝他扔了过去，正好打中他的脸。或许是因为枕头里有什么硬东西，砸到他脑袋上的时候还发出了声响，随后哐的一声掉到了地上。这声音还未从我脑中消失，脑袋已然被人揪了起来。

彻平拽着我的头发狠狠地将我的脑袋撞向墙壁，这一切从发生到结束只有短短几秒，我耳中嗡嗡作响，眼前金星乱冒，接着，疼痛的感觉才逐渐扩散开来。我窝在地板上，感到他的脚不断踹向我的脊背。为了护住脸和肚子，我只能像婴儿那样缩成一团。嘴唇内侧软软的部分慢慢渗出了血的味道。

在这场暴力终于停下来时，我抬起脸，看到彻平正俯视着地上的我——他的表情竟是一脸愕然，仿佛他是无辜的报案人，犯人已经逃之夭夭了。他慢慢蹲下，对我说了声"对不起"，那眼神像是要哭出来似的。听到这句话，我反而不知所措，忍着痛断断续续地说道："你干吗要这样？我好痛，能不能扶我起来？"

"我无法忍受别人瞎胡闹。"他扶我坐在凳子上，又很快低头退在一边。

"胡闹？我只不过是丢了一下抱枕啊。"

"是哦，就是啊……可一旦那个……那种情绪开始，我就停不下来了。一旦停不下来，我会用最可怕的样子毁了一切。"

说实话，他后面说的那些我无法理解，但他的口中那句"一旦那个开始就停不下来"如同咒语，常常在我耳边回响。

一天晚上我下班回家，准备泡澡，电话突然响了起来。

"妈，怎么了？"我在牛仔裤上蹭了蹭手上的水，但手背上沾满了小泡沫，电话铃声催着我去拿话筒，我来不及将手擦干净，就伸手去接电话，这冒失的样子让坐在沙发上的彻平面露无奈之色。出于礼貌，他拿起遥控器调小了电视的声音，话筒中母亲的声音一下子就变得洪亮了起来。

"你还好吗？外公、外婆都想你了，偶尔也带男朋友回家看看哦。"

母亲现在住在群马县她的娘家，在外公外婆经营的传统工艺品店帮忙。可能是因为她常去附近的温泉泡澡的缘故，每次回去见到她，都觉得她比以前更年轻了，像是返老还童——那皮肤就算不化妆，也比在城市辛劳工作的我要白得多。

"爸爸还好吗？"

听了我的话，母亲苦笑着说道："你爸早就去世了啊。"

这我是知道的，明明知道却还是这么问了，只好说："对不起。我习惯了，可能是爸爸住院时，我总这么打电话问情况所以才……"

"那时候你是经常问的,但却没怎么来看过吧。没办法,你不喜欢爸爸,这我知道。"

"……妈,没有的事。"

听到我的否认,妈妈轻叹了口气说道:"当时我还问你,你爸不在了,咱娘儿俩可怎么办啊,还记得当时你是怎么回答的吗?你居然说:'养个猫呀狗呀的不就得了。'我已经不记得具体是什么时候说的了,但当时我真是吓了一跳。你爸确实严厉,有待你不好的地方,但临死却要面对亲生女儿这样的态度,唉……真是太可怜了。"

"妈,这些您告诉我爸了吗?"

"我怎么可能对一个快要去世的病人说这些。"

我的心里有很多话想对母亲说,但话到嘴边又咽了回去。妈妈以前是家庭主妇,平日待在家中操持家务并不出门,但每到周末,家里冰箱中的食物便快吃完了,所以她会外出采购食材,那时,我和爸爸就会单独留在家中。爸爸是传统而严厉的日本男性,对子女的要求极为苛刻,如若犯错,必棍棒相向将我痛殴一顿,仿佛如此便能让幼小的我学到做人的深刻道理。

于是，每当妈妈买菜回来，家里总笼罩着一种压抑的气氛。那时爸爸便会解释说，这是因为他刚才教训了不听话的我，因为我犯了如何严重的错误。听到这些，妈妈只是用"真拿她没办法"等说辞把话题搪塞过去，然后从塑料袋里取出萝卜、白菜。那时候的我，远远地望着母亲的背影，心想："妈妈为何从不询问我，看我究竟犯了什么错？"对父亲的惧怕和厌恶，让信赖母亲这件事成为我的救命稻草，所以我渴望她询问我犯错的原因。我内心深处总是坚信，她并不像看上去的那般对我内心的委屈漠不关心。一定是因为某些世俗的规矩或者社会的要求，让她将对我的关心与呵护藏在了心底。否则，在这个家里，我还可以指望谁呢？

我在电话中沉默不语，似乎表达出了对自己在父亲临终前所持态度的悔恨之意，母亲的声音大为欣慰，用温柔的口吻对我说道："对了，我还有重要的事情想和你说，我给你寄了点儿新鲜蔬菜和大米。可能这两天就寄到了，你们两个一起吃哦。"

我道了谢，又和母亲闲聊了几句便挂断了电话。

当我回过头，正好和彻平四目相对，他不知从什么时候开始一直在盯着我看。

"你还是会不停地确认父亲去世的事啊。"他说道。

"可能是因为，在父亲住院期间我总是给母亲打电话询问他的病情吧，所以像刚才那样和妈妈打电话时，脑子里总是出现父亲睡在白色病床上的样子，总觉得他并没有死，只是去了某个地方。"

他点了点头，自言自语道："要是我的话，就什么也不问。"

从很早前，我就一直想问彻平一个问题，但总是没有机会开口——是关于他的弟弟，我一直想问他："你弟弟究竟怎么了？"

一次我们聊起小时候，他说了句："所以我弟弟就……"并非专门提起，而是不小心说漏了嘴。但从那次之后，他再也不愿提起弟弟的事。那天我想追问个究竟，可他明显不高兴了，先是绷着脸，然后就沉默不语。所以那之后我再未询问过他，不过心里还是默默希望他哪一天愿意和我分享。仔细想来，我凡事爱追根问底的习惯就时常惹父亲生气——要是我问了一些父亲不方便回答的问题，或是像大人那样说些奇怪的话，他也会立刻板着脸沉默不语。每当母亲外出，父亲就会因为之前我的那些问题大发雷霆，伴随着可怕的吼叫声和殴打，他总是用脚用力踹向墙壁。这一系列的反应让我在漫长的童年中时常恐惧地活着。

记得上小学时，一次放学回家的路上，好朋友跟我抱怨，说她的爸妈特别唠叨，她讨厌这样的父母，还说要能生在更好的家庭该多好。说着这位朋友的脸上流露出难以理解的艳羡神色对我说道："珠实，你们家多好啊，爸爸妈妈看上去都那么温柔，你太幸福了。"

我既没有肯定也没有否定，记得当时只是尴尬地笑了笑。

在我上到小学后半段时，父亲对我的态度也慢慢改变了。"孩子，如果语言上无法沟通，会让人焦躁不安。但你已经长大了，也不像从前那么傻乎乎的，所以爸爸也不需要再动粗教育你了……"一次我和父亲单独在家，当看到电视里播放家长杀死自己孩子的新闻时，父亲突然对我说了上面那番话，还用手轻轻抚摸我的额头，可我却一点儿也不觉得温暖。只不过他能说出这样的话，让我从心底里觉得踏实了些。即便如此，在之后的好些年，只要深夜门外传来父亲的脚步声，我整个身体都会变得僵硬。缩在被窝里的我，能听到心脏疯狂跳动的声音。这时我会拼命向大熊祈祷，希望他走过我的房门而不会停留。

彻平不喜欢人多的地方，仅是来自人群的众多目光或是彼此间的寒暄，都会让他觉得疲惫不堪。与其说他是内心细腻，不如说是过于敏感。所以，工作时，他努力保持开朗的情绪，但在结束了和别人的社交或是从酒局出来，他总是一脸疲惫，变得少言寡语。他不仅不愿意去新宿、涩谷那种繁华热闹的地方，就算放假也多是待在家里发呆。所以总是我主动提出要到外面走走——并不是我是大女子主义，不愿意让彻平安排我的生活，只不过是彼此性格差异带来了不同的选择。

"好不容易放假了，咱们去公园转转吧。"我一边望向窗外一边说道，彻平从报纸里伸出半个脑袋，探向我这边，"公园啊，好久没听你提起了。去了公园我们要干什么呢？"

"什么也不做，就是想去放松一下。我做些简单的便当带上。"

"珠实，你有时候说话还挺像女中学生的。"

女中学生才不会和你这种不爱出门的家伙交往呢。我心里这样想着，走进了厨房，从碗柜里取出吐司，切掉边角，在吐司片里夹上生菜、火腿片和煮鸡蛋，然后用锡纸包起来，又煎了些冰箱里剩的鸡肉，和小西红柿一起放进保鲜盒，最后把这些装进帆布包里。

走进卧室，我想找件外出穿的衣服，这时彻平从后面走了过来。

"你这是要去郊游吗？"说着他脱掉睡衣背对着我。阳光从窗子照进来，正好落在他赤裸的脊背上。他柔软的皮肤更显得紧致光滑，我悄悄碰了下他的后背。这时他猛然回头，吓得我直往后退。

"吓死我了。"我下意识地说。

"该是我吓一跳才对，你怕什么。"

"你突然动了一下，所以吓到我了。"

忽然我俩都沉默了，随后彻平低头说道："喂，小学生，快去准备你的郊游吧。"这称呼比起刚才的中学生变得更小了，我边想着边换好了衣服。我们两人都穿得很厚，一起出了家门。外面风和日丽，薄云在空中散开，阳光透过云的缝隙，白亮的光束越发显得清爽。我想这下应该不会下雨了吧。

坐上下行列车，彻平问我车的终点。我心想，他是真心对要去的地方不感兴趣，所以才会在买票时介意票价。"一直坐到终点，应该会有个比较大的公园。"我说着，望向窗外，电车超越了住宅区的风景。真实的时间、我们身体感受到的时间以及交通工具承载着的时间，这些不同的时空交错，都在用自己的节奏不断流转。所以我常觉得，有必要刻意调慢彻平或是我的时钟——日常的忙碌会在不经意间加快身体的运转，人们才会不知不觉感到疲惫。

当我把这些想法讲给彻平，他却说："可是，没有人会不知疲惫，要是忙起来，就算有些艰难也要努力克服，这不正是作为社会人的责任吗？"

"话虽如此，如果长此以往勉强自己，可能就不只是生病了吧,尤其是彻平你,也不是那类能够平衡好这些的人,不适当放松一下是不行的。"

他意味深长地嗯了一声,那表情仿佛他听到的都是些难懂的外语,好在他倒是没有否定。

"啊!快到了。"我看着慢慢靠近的站台说道。

从车站到公园我们走了很久。终于进入公园后,觉得空气都变得有些不一样了。公园的小路上稀疏映着树的影子,树上的叶子早已掉光,阳光穿过光秃秃的枝干映照在小路上,像是一个个舞动的精灵。我们踩着这些光影前进,谁也没有说话,默默在公园里走着。不久我们来到一片广阔的草坪。有人在遛狗,也有人和家人一起玩投掷球,一片热闹的景象。

不远处的小山丘上,一对情侣躺在铺好的野餐垫上晒太阳。女孩儿穿了条纯白色的百褶裙,上身搭配深蓝色夹克棉衣,染成栗子色的头发与头顶的马海毛帽子相得益彰,她脚上穿着双中筒靴,双脚伸到了垫子外面。男孩儿则穿了件夹克衫,搭配一顶别致的帽子。因为他的帽子搭在脸上,所以没能看到他的表情。不过单从着装风格不难看出,他们应该是时尚的专科学生。两人躺在草坪上时而牵着双手,时而挽着胳膊,始终一副幸福美满的样子。

就算我和彻平是学生时代相识的恋人,也不可能成为他们那样的情侣吧。因为彻平只有在家里才能毫无防备地与人相处。我掩饰起内心的羡慕,在距离那对恋人稍远的地方,铺开了我们的垫子。彻平打开便当,拿起筷子正要夹里面的鸡肉,忽然一脸惊讶地说道:"以为你只是简单煎了一下,闻着还挺香的嘛。"

"我加了胡椒盐和蒜末调味。"

听我这么一说,他停下筷子,笑眯眯地点点头。彻平的外形不能算俊美,但那张脸一看就透着机灵劲儿。他的手在火腿三明治和鸡蛋三明治之间犹豫徘徊,嘴上对我说道:"等会儿我们去湖那边转转吧。"极少提建议的他难得开口,我赶紧点了点头。

湖边有商家租赁游湖的船。尽管彻平一脸嫌弃,我还是坚持拉起他的手,付了钱,选了一条小船。

我选的是条需要手动划桨的小船,为此彻平很是不满,"非要划船就应该选脚踩的鸭子船,比起胳膊累，脚累的话不是能轻松点吗？"我权当没听见，轻轻踹了一脚岸边，小船晃动着，随着慢慢晕开的波纹缓缓离开岸边。我刚要拿起船桨就被他一把拦住，"行了，我来划。"

"你不是说胳膊会很累吗？"

听我这么一说，彻平苦笑道："开玩笑啦，两个大人嘎吱嘎吱地踩着鸭子船多傻啊，要是有个孩子在，那就另当别论了。"他一边说着，一边握起了船桨。不能说他的话没有别的意思，我因为这句关于孩子的话心潮起伏，却低下头假装没明白。

这么一说，我想起我的生理期还迟迟没到。我望向彻平，只见他双肩上下晃动，随着晃动，小船的速度也快了起来。我抱住双膝，望向水面。透亮的湖水中，能看到红的、白的锦鲤缓缓游过，时隐时现。

"夫日月者百代之过客，周而复始之年景亦随旅人。"①

我突然想到这句诗，念了出来，彻平并没有问我念的什么，而是认真地像唱歌那样念叨："浮舟生涯，

---

① 松尾芭蕉《奥州小路》开篇。

牵马终老，积日羁旅，漂泊为家。"我们不再说话，我也一下子没了开口的由头，彻平看着我不知所措的样子，不知为何在微笑。

"古人多什么来着？"我无奈地小声问道。

"古人多？"他问。

"……古人多死于旅途。"

"你傻吗？为什么突然用白话念这诗句啊，还念错了？"

"后面的内容，我也就只记得白话文了，上学时只背了开头那两句。"

"不知道就是不知道，别找借口了。"

"要背《百人一首》①的话，我可比这个在行。"我说道。

"好，那我说前半句，你说后半句。"

"……好。"

刚答应我就开始后悔，真不应该向文科男生发起

---

① 《百人一首》汇集了日本七百年一百首和歌，是广为流传的和歌集。在江户时代，还被制成了カルタ（歌留多，即纸牌；又名歌牌），开始在日本民间流传。特别是作为新年的游戏，一直受到大家的欢迎。

背诵古典文学的挑战。

"那么第一个,'漫漫长,宛如山中雉鸡低垂尾——'"

"悠长夜,孤单人,辗转难眠。"

"宫阶若鹊桥,霜白楚天高。夜尽山腰处,寒夜正迢迢。远去与相送,离情此地同。去来复来去,相逢别亦难。为何相知不相识,封坂关唯流落人。人间无此景,仙界亦难寻。龙田溢琼液,枫叶染赤成。"①

我们就这样你一句我一句地对着诗,曾经背过的这些诗句,再次在耳边回响,让人一下子想起学生时代和同学在文学课上比赛背古诗的场景,无比怀念。

我还在怀念过去,彻平又说了新的诗句:"长亭驻飞雪,苍峰凌落樱。"我回过神来,瞠目结舌竟答不出下半句。

"你怎么了?"

"这是什么诗?"

---

① 选自日语和歌集《百人一首》。

听我这么一问,他略带惊讶地问道:"不知道吗?这可是《百人一首》里我最喜欢的一首。"

说完,他把整首诗背了出来:"长亭驻飞雪,苍峰凌落樱。坐看犹霜鬓,似是故人来。"

"这首诗是什么意思?"虽然不懂这诗中含义,却总觉得这首诗很悲伤。

"并不是说庭院中的落樱纷纷,而是说自己,慢慢老去的自己。"

"哦。"

我还是不太明白,不过说到老去——想象彻平上年纪的样子,我心中竟毫无不适之感,仿佛陪伴在我生命尽头的,最终只会是此人一般。

不知不觉,小船划到了湖中央。彻平放下了手中的船桨,躺在船上。小船发出嘎吱嘎吱的响声,向着他头的方向歪了一下。为了保持平衡,我也仰面躺在小船的另一侧。湖的四周种满了樱花树,光秃秃的枝条向高处伸展。我徒劳地吸了口气,缓缓望向天空,太阳躲在云里只能看出轮廓。从那里照下来的阳光,洁白无瑕,还带着一丝暖意。然而不一会儿,一阵冷风就把这暖意吹得烟消云散了。

和彻平在一起生活，有时很像在做需要耐心的木工活儿。安静地待在他身边，时间默默流逝。此刻，我不想去考虑那些已经发生的不好的事情，只想就这样过好每一天。

也许疲惫的只有我自己吧，我这么想着，稍微吸了下鼻子。内心忽然觉得疲惫不堪，好想休息一下。

"你感冒了吗？咱们回去吧。"彻平躺着问我，我摇头说："不是，我没事儿。"

眼前这个为我的身体状况担心的彻平和那晚不停踹我的他判若两人。

然而无论哪个他，都是彻平本身。

"我有事想问你。"我严肃地说，不用看也知道他一定又是板着一张脸，"那次的事，我思来想去……"

"好了……那件事，真的是我不对。"

"我并不是要责备你，能让你做出那样的事情一定有原因，所以，我只是想知道当时你内心的动机。"

"哪有什么动机，我就是条件反射，觉得必须要那样还手，所以就……不过，后来你怯怯地看着我……看到你那双眼睛，我彻底醒悟了，以后不会再那样了。"

说完他彻底沉默了，我也只好不再讲话，双手握紧放在胸前，默默闭上眼睛。

我们之间再次没了交流。

我们放开船桨，任由小船顺水漂流，将自己置身其中，好像所有的不安、担心也都被一起抛出船外，我们两人就在小船中摇曳着待了好久好久。

距离上次郊游已经过去一周，但我身体的疲惫却丝毫没有减退，我想是在户外待得太久引起了感冒，于是用体温计量了体温——只是有些低烧，也没有咳嗽或其他症状。所以我就正常上班去了，心想着到周末要还不好的话就去看医生。

终于到了周六的早上，吃早饭时我突然一阵恶心，后来还吐了。一种不好的预感涌上心头——我以前无论得了多么严重的感冒，还从来没有吐过。我心中不禁掠过一丝疑虑——真是感冒了吗？可除了感冒外也没其他可能了。我转身回到卧室，想从衣柜里找件厚点的毛衣。

"还是去医院看一下吧?"正在吃早饭的彻平,停下筷子,从门缝中探着脑袋问道。

"没关系,这周都是这样,有点儿低烧,估计是感冒了。"

"是吗?"听我这么说,他担心起来,说着走进卧室,用手摸了摸我的额头继续说道,"确实有点儿烧啊,赶紧去医院看看吧,我陪你一起去。"

"又不是什么大病,不用啦。"

"感冒要是不及时治疗,发展成肺炎可是会死人的。赶紧去拿医保卡,收拾一下,走吧。"

"好的,知道了,那我自己去医院吧,你在家等我。"

"真不用我陪你去吗?"

经过几番劝说,他才答应不陪我去医院。我给他安排了洗衣服的任务,随即换了件有白毛领的羽绒服出了家门。

从家到附近的综合医院,走路只需要几分钟。周末的待诊室一片混乱,我心里后悔没让他一起来。

办完挂号手续,我在长椅上坐等叫号。等了将近一个小时，终于轮到我了。经过一番问诊，医生说我并没有感冒，接着让我去另一个诊室，在那儿我得知了结果：

"再过几天就怀孕三个月了。"

"不可能……"我下意识地嘟囔了这么一句，本以为自己声音很小，可就连医生身旁的女护士都听见了我的话，望向我这边。

尽管如此，我还是不能立刻就相信这一切。

"不会有弄错的情况吗？"

我这么一问，眼前这位四五十岁的医生用惯用的口吻说道："像你这样的我们常遇到，觉得采取措施了肯定没问题，所以难以接受怀孕的事实。可是，任何措施都不是绝对的……好好想想到底要怎么办，尽早再来医院吧。"医生说。

从医院出来，我想立即找个地方休息一下，于是走进附近的公园。在一个长凳上坐下，抬头仰望天空，却发现天空布满阴云。刚才在暖气房里烘得热腾腾的脸颊，已被一阵风吹凉了。那风像是在拯救脚下的落叶，一阵阵刮过，吹得原本落下的叶子又一次在空中飞舞。我望着快要飘落的枯叶，陷入混乱与不安之中，久久动弹不得，嘴里下意识地念着"我究竟该怎么办……"。我才刚工作了一年多，幼儿园的小朋友们又都那么可爱……如果选择生下这个孩子，或许幼儿园会多少给点儿产假吧？等孩子大点儿，再回去工作，一边工作一边照顾孩子……。这一系列头疼的事，一旦开始思考似乎就停不下来。尽管如此，我却已经有了当母亲的觉悟，心里产生了想要保护这个小生命的念头。

可以确定的是，彻平一定不会喜欢这个孩子——如果那时他踹的不是我的后背，孩子说不定早就没了。想到这儿，我的心中出现了从未有过的恐惧，心里那刚刚萌发的对未来的希望的种子，瞬间被碾得粉碎。我的心再次坠入黑暗的谷底。

到底该如何是好？

一时间我难以抉择，只得起身离开。

彻平一直在家里等我。

看到我回来，他立刻放下手里的报纸，"怎么了？

看你脸色这么差，没有去医院吗？"

"去了。"

"那为什么脸色还这么差，不会是得了什么不好的病？"

"……没事儿，对了，你吃饭吗？"

听我这么说，他眉头紧锁从沙发里站起身来，"刚不是才吃过吗？你真是奇怪，到底怎么了？"

我摇了摇头走向卧室，进屋就钻进被窝里。松软的被子碰触鼻尖和脸颊，温暖的感觉让我整个人放松下来。尽管脑袋里都是些乱七八糟的烦心事儿，可身体却不听使唤地沉沉地进入了睡眠。我睡得时间不长。梦中，隔着被雨水浸湿的玻璃窗，我出现在一个从未到过的房间，正向眼前的男人诉说自己怀孕的事情。这男人看上去有点儿像彻平，但又有点儿像其他人。虽然背影有些相似，但面容、表情以及说话的方式却和彻平完全不同。

眼前这个男人，得知我怀孕的事，难掩喜悦，忙着四处打电话给朋友们报喜。看着他的背影，我如释重负，感叹人生，觉得自己太幸福了，甚至内心竟因为这份毫无顾虑的踏实，激动得想要流泪。

当我醒来，略显阴暗的房间里，只有炉灶上的灯还亮着。

我摸了摸额头，感觉身体都被汗水浸湿了。我想要起身看看墙上的钟表，身体却沉浸在幸福的美梦中，似乎不想回到现实。最终我还是努力坐了起来，我走出卧室，发现彻平站在厨房。我睡眼惺忪地向彻平那里望去——炉灶上的橘色灯光照在他的背上。那温暖的灯光，让我误以为我们之间，只有温情。

"已经四点了，我以为今天就是我来准备晚饭了呢。"彻平的这句话，一下子把我拉回现实。

刚才梦里的美好景象，不过是我潜意识里非常渴望的东西。无论彻平如何温柔地对我，梦中的渴望仍然是我心中一个难过的坎。我们任何一方如果不做出改变，那这心魔便会一直纠缠着我。

我望着他，开口说道："彻平。"

"怎么了？"

"如果，我说我怀孕了，你会怎么做？"

听到我这么说，他脸色一下子变了，错愕地看着我，什么也没说。我也不再讲话。我们像两个傻子一样，久久地站在厨房一言不发。

终于还是彻平先挪动身体。他慢慢把手里的锅放回炉灶上，之后便向我走来，我一下子紧张起来。他会不会不再搭理我，还是会像上次那样打我呢？如果还要打我，这次我可得赶紧逃走，如今这身体已不再是我一人的了。

那一瞬间我脑补了这两种可能，然而，我一个也没猜中。

"对不起……"他走到我的身边，只是淡淡地说了这么一句，便走进卧室关上了门。我来到门前，试着扭了扭门把手，门反锁了，没能扭开。我一边喊着他的名字一边敲门，始终都没有得到丝毫回应。最终我敲累了，只能走开。

"为什么？"我问出了这句话，"你总是这样一味地逃避，什么也不告诉我。"即便我这么说他，也听不到任何回答。我放弃了，将钱包和几件随身的东西装进包里，随即在玄关换上了靴子。

我沿着地铁站的台阶向下走,像是刻意要躲进某个深邃的地方。我探身望了望站台的两侧,这时一辆下行电车缓缓驶来,车门一打开我便跑进了车厢。车里人不多,我望着漆黑的窗外,在一排空着的座椅中间的位置坐下,从包里取出随身听。耳机插进耳朵的一刹那,音乐阻断了外界的声音。尽管身边有一些乘客,此时我却宛若独自一人。

我转身看到身边的爱心专座还空着。心想如今我也能大大方方坐那个座位了,一种不可思议的感觉涌上心头。在一个不知名的车站,我下了车。从地下通道走出来,看到阴霾天空下,到处都是林立的办公大楼,就这样我开始了高楼下漫无目的的步行。红绿灯挡住了我的脚步,人行横道对面,美术馆的字样映入眼帘。透过建筑的玻璃,能看到美术馆里,顾客们人头攒动的热闹景象。我走过马路,寻找这座建筑的入口,不知不觉跟着人群走到了美术馆售票处。我买好了门票,从一位漂亮的工作人员手中接过宣传册。一群外国游客和气质高雅的女性顾客环绕周围,我跟着参观的人群慢慢走进馆内。美术馆温暖、安静、整洁的环境，让我兴奋的内心逐渐平静，可转念间，脑子里的阴霾死灰复燃，沉重不已，像是给我穿了件湿透的衣服，让倦意遍布全身。

忽然，我在一幅画前停下脚步。

这是张巨幅画作。深蓝色夜空下，一位身着白色婚纱的新娘依偎在新郎身旁。整幅画的色调是通透的蓝色，湛蓝的夜景本应让人倍感寂寞，可这幅画却充满了温暖恬静的幸福感。更不可思议的是，主动示爱的并非新郎，而是新娘——她像是要抱住新郎一般依偎在丈夫身旁，总给人一种母亲和儿子的感觉。我被那温柔的拥抱吸引，情感不知不觉走进了这幅画的世界里。

我像经历了短途旅行，在这幅画前站了很久。

我和彻平之间，看上去并没有多大的矛盾或是隔阂。可就算我们之间存在问题，只要彼此对这份爱还有期盼，无论什么状况不都能解决嘛。只不过，似乎彻平从一开始就对这份爱情没什么期盼——说不定他心里早就有想要放弃的念头了。我们之间并不是彼此积极地互动，只是我一味地想要去更进一步地了解他罢了。我深信如果对方改变，如果对方的问题得到解决，两人之间的关系自然就会好转。事实上，就连我自己也不知道我们的关系该何去何从，所以之前想要满足期盼的愿望就更不可能实现。想到这里，我更觉穷途末路。迈着沉重的脚步，我走出了美术馆，外面下雪了。周围高大的办公楼有序排列，雪不停地下着，像是要把眼前这片鳞次栉比的人工景象化为乌有。积雪渐深，我深吸一口气——这空气没有夹杂任何别的气味，只有苦涩寒冷的味道。

我在如此纯净的雪地里漫步，路上空无一人，夜幕深围。反射到雪地上的街灯，间隔相等。我甚至觉得，整个街道只是眼前这相同的夜景在不断延续罢了。我无数次从大衣口袋里取出手机，按亮屏幕，始终没有看到彻平的任何消息。好容易发现一家意大利餐厅，我走进店里，脱掉大衣坐下，倦意立刻席卷全身。就在我不停叹气的时候，服务员端来了我点的汤和面包。我拿起勺子舀了口汤送进嘴里，冒着热气的汤里，烫嘴的西红柿已经快煮化了，热汤顺着喉咙一下子掉到我空空的胃里，整个身子都感到了暖意。接着我想要吃口面包，可突然像是一下子饱了似的，胃里有东西直往上反，想要作呕。我只能一点点小口喝汤，再也没敢碰那面包。每当汤里的热气碰到脸颊，我都有种想哭的感觉。

听说当人疲惫的时候就会想哭。

在这样的夜晚，面对一个永远不会喊我回家的爱人，为什么我还会如此强烈地认为和他在一起是一种必然呢？对于他也好，对于我也好，可能从一开始，我们都不是彼此最重要的人吧。我仿佛恍然大悟似的，用这样的心情吃完晚饭，付了钱，走出了店门。我在街上徘徊良久，走不动了，又坐上了电车。就这样回去心里实在是太郁闷了。或者和吉永学姐联系一下吧。这么犹豫着，我还是在家附近的车站下了车，可还是没办法直接回家。于是，就在这样的夜里，我忍着遍布全身的疼痛，再次开始不停地向前走去，就像忘记回家的路。

今年的第一场雪，就在这一片漆黑的夜里，缓慢无声地覆盖在我的衣衫之上。

商业街的路灯将白色的雪花映照得片片分明。酒馆招牌的灯光、百货商场台阶处蹲着的小猫,还有地面上我那渐渐变白的影子,所有这些都渐渐被大雪覆盖,时间仿佛就此定格。我还在继续向前走,直到双脚发麻,全身冰冷,几乎失去知觉。这时我突然意识到,自己好像是在寻找一切的终点——从很小的时候开始,我一直都在寻找,那个能让我安然入睡的时间的尽头。

大脑里突然闪现出这样一件事,事情发生在我刚上小学的时候。

那是寒假收假的第一天,一个下着雪的早晨。我走在上学的路上,突然想起一项必须要完成的作业还没写,我的班主任老师非常严厉——一想到要挨老师训斥,我就打消了上学的念头,背着书包,掉头就往家逃去。

我悄悄打开院门,绕到后院。那里有个仓库,里面堆放着破旧的自行车和一些旧书,我打算藏到里面。仓库里堆满各种杂物,因为很久没人进来,屋子里满都是长时间堆积的灰尘和霉变的味道。好在那时是冬天,空气干燥,基本闻不到什么臭味儿。我悄悄关上门，只有门框下的缝隙里照进来一点儿光亮。

我将自己藏在这一片漆黑之中。

这里说是仓库，其实更像一个储藏用冷库，我紧紧抱住怀里的红色书包，一动不动地蹲在那儿，就连鼻头都冻得隐隐作痛。大约过了半个钟头，突然一阵踩踏积雪的脚步声渐渐向我靠近。我吓得脸色铁青。透过厚厚的大门，我听到了那强有力的、有着固定间隔的响声，那正是父亲的脚步声。我又冷又紧张，下嘴唇和双手抖个不停。

门打开了，蹲在墙角的我望向父亲——他高大的身影好似苍穹，片片雪花从他身上落下，眼前的父亲如同阴霾的天空。父亲左手拿着我那把淋湿的雨伞——我们家有个规矩，湿了的雨伞不许拿进屋内，要放在门外。如果不按规矩来，就会遭到父亲的打骂。刚才偷跑回来，我习惯性地把雨伞放在了门口。那天好像是因为下雪，父亲出门上班的时间比我上学晚了些。我在心里狠狠咒骂自己，因为太过紧张，竟让习惯暴露了自己的所在。

父亲一句话也没对我说，死死瞪着我，他用力地摔开仓库的大门，弄出很大的响声——我拔腿就跑，一刹那，我就像弹飞了一样，从父亲的胳肢窝下面钻了出去。我的小靴子把父亲留在院里的大脚印踩得乱七八糟。几次他差点儿就要抓住我的脚，我还是拼命奔向布满白雪的大路，就像为了躲避天敌疯狂逃出洞穴的野兔似的。我拼命地跑着。跑得上气不接下气，肋下疼得要命，可一回头看到父亲就要追过来了，我就又再次跑起来。如果被父亲抓住，我一定会被杀死，这样的比喻一点儿也不夸张——在大脑思考这些之前，我的身体已经切实地感受到了。可无论我怎样拼命，注定比不过成年男人的脚力，在一座很大的寺庙牌坊下，父亲抓住了我。当父亲抓住我手腕的瞬间，我感觉到了那只大手上惊人的温度。我猛地一哆嗦，刚回过神来，只见父亲花白头发盖着的前额上，满是大颗的汗珠，他比我呼吸还要急促，双肩因急促呼吸而上下抖动，肩头落了薄薄的一层积雪。

那是唯一一次，父亲用手狠狠扇了我的脸颊。

清晨空无一人的道路上，响彻那无比尖锐的耳光声。我呆呆地站在那儿，只觉脸颊发烫，却分不清是因为父亲打的，还是因为跑得太久被冷风吹的。

我看见顺着父亲消瘦的脸颊滑落的混着雪花的汗水。

当天晚上，母亲得知了事情的经过，在听她责备时，我却想到了拼命追赶我时满头大汗的父亲，那一瞬间，我甚至觉得父亲也许有那么一点点在乎我。

明明被打，却感受到父亲指尖的温暖，这也许是第一次，也是最后一次，为了我父亲在狂奔吧。我对着天空深深地呼了一口气，对着天空，想起了当时父亲的体温。

"自从遇到珠实你之后，我常常会想起小时候的事情。"忘了是什么时候，那天，我和彻平喝着咖啡，看《乌鸦的饲养》这部电影，那天的咖啡奶味很足，彻平边喝边对我说了这些话。

"可能因为我常说小时候的事情吧。"

"也有这个可能，我反正不愿提，可你却总提小时候的事儿。我从不会去想。我小时候是没有自由的，还要常常看父母的脸色，每天都过得战战兢兢。当然并非所有孩子都会这样逆来顺受，也会有孩子奋力反抗，但我却做不到。每当我看到珠实你，总会想起我自己对儿时的恐惧，因为你总会毫不掩饰地看着我，跟我搭话，那样子总让我觉得，即便是现在我也必须要回到过去一样……"

对父亲的回忆，不知不觉被彻平所代替。如同坐在纯白的雪地上，我满身沾满雪花，一些情感已经遍布我的全身。

我掉了头，开始走向来时的路。

怎么按门铃也没人应答。

我取出钥匙包，打开家门。那一刻，我被眼前的一切惊呆了。光线暗淡的屋子里，到处散落着打碎的杯子、摔坏的家电，还有撕烂的书，满地残骸让人为之震惊，这原本熟悉的房子，更像是地震后废墟。这个时候，就算地上躺着满身是血的尸体也不会让人觉得稀奇。

还是赶紧逃走吧，我心里又犹豫起来。一定是产生了什么错觉，我才会认为，他可能会改变。未来完全没有任何希望可言。在感受到这一切之后，一种再次想要立刻逃离这个家的冲动开始驱使我。想要结束这一切，现在是最后的机会。

但，我并没有离开。

因为，比起逃离这里，我更担心他有没有摔倒，有没有受伤。

我悄悄走进屋内，满地都是摔得粉碎的玻璃碴儿，反射出不规则的光。要是踩上这些玻璃碴儿，就算穿着袜子也会受伤吧，想到这儿，我尽可能地选择没有碎片的地方下脚，好不容易来到沙发跟前。

彻平背对着我躺在沙发上，整个身体一动不动，要不是肩膀还在微微地起伏，我甚至会以为他死了。

我轻轻把手搭在他的肩上，他只微微颤抖了一下，就立刻晃动肩膀将我的手甩开。

我只好问道："你没受伤吧？"

他慢慢转过身来，一脸惊愕。

"……你有没有受伤？有没有被碎玻璃划到？还有没有做其他危险的事情？"

"你为什么还要回来？"

"我担心你会不会死了。"

"我还是死了比较好。感觉要是我不死，不知什么时候可能会杀了你。"

"也许真会是那样，"我再次环视狼藉的屋内感叹道，"有件事我一直没说，是关于大熊的故事。"

他依旧目光呆滞，只问了句"什么事"，话音微弱。

"我小时候不喜欢睡觉，是因为每当父亲跟我讲大熊的故事，我都在祈祷那只熊快点儿来。"

"为什么……"

"因为我希望它能来把眼前的父亲一口吃掉。所以每天晚上我都不断地祈祷：'拜托了！请快点儿来这个家吧，就算连我一起吃掉也没关系。我死了也无所谓。所以求求你了，请你杀了我的父亲。'我就这样每天晚上重复着。心里有着这样的想法，我自然会被父亲讨厌，所以就算父亲对我做了任何可怕的事情我也无力反抗。"

"知道了，不要再说了，我已经明白了。"他打断了我的话，这是我第一次听到他从心底里发出痛苦的呐喊。

但我仍在继续说着:"我从没想过通过自杀结束生命,但我并不畏惧死亡。我终于明白,之所以会待在彻平你的身边,是因为你和我的父亲一样,心里都有着极为阴暗的一面。我无法原谅父亲,但却想要原谅你。正因如此,我想要了解你——你与他处在同样的深渊,这次我想要好好面对,问清原委。究竟是什么让你们如此阴暗,为何会对我施以暴力,原本不应该是要好好珍惜我才对吗?"

"真正的大熊究竟是什么呢?"彻平抬起苍白的脸,小声说道。

"你弟弟究竟怎么回事?"我问道。

"死了。上小学的时候染上了肺炎。"他的声音依旧很低。

"为什么一直瞒着不说呢?"

"因为我弟弟有残疾,然后,他是我杀死的。"

"什么?"

我惊讶地反问道,他这才再次开口:

"……那时候,他都三岁了……还不会讲话,整天就是靠在父亲的组合音响旁听音乐,要么就是哭闹不止。起初我们全家都还能温柔地对他，但他丝毫也不见好转，渐渐地所有人都疲惫不堪。第一次是父亲先动的手……我常被喊去帮忙，抓住他的手脚死死按在地板上，开始他还反抗，不久就会精力耗尽瘫在地上一动不动。只有母亲反对我们这么做，她带着弟弟离家出走了好几次，但因为没钱，也没有能去的地方，过不了几天就会回来。弟弟因为肺炎去世纯属偶然，但在葬礼上我始终觉得，是自己害死了弟弟——我现在也有这种感觉。在我成长的过程中，这种感觉成为我心中最幽暗的角落，它似乎在教导我——一切不乖与不听话的反抗行为都是要付出生命的代价的。今天也是，我满脑子都是弟弟的事、你的事，两件事混在一起，越想越乱，整个人快要崩溃了。就在我拼命摔砸眼前物件时才意识到，孩子之所以会胡闹、哭泣，是因为他们非常渴望向外界传达自己的心声，但却始终无法很好地表达，于是只能通过哭闹来表现。即便只是情感的宣泄，他们也想要表现出来……"

说到这儿，他突然不再讲话。

我也转身望向窗外，雪已经停了。世界变为安静的白，无论望向哪里，都如同平浅的海岸，只有那白茫茫的雪向着城市远处延伸。

我从厨房拿来垃圾袋和橡胶手套，和他一起收拾散落在地上零七八碎的东西。像这样两个人一起默默收拾残局，怎么看都觉得滑稽可笑。彻平弓着背、弯着腰，眯缝着眼紧盯垃圾袋。第一次，眼前的他并没有让我觉得可怕。

尽管屋里还有碎玻璃片在闪闪发光，收拾了一阵子，我觉得差不多了，就去烧水准备洗澡。两人轮流泡了澡，暖气也烧得热腾腾。我先一步坐在客厅的沙发上喝着啤酒，抬头看到彻平走出浴室，他穿着T恤衫、黑裤子，脸色比刚才好了很多，眼睛里也有了生气。

"我，很喜欢孩子。"他突然对我说道，"在街上看到别人家孩子都会觉得特别可爱，甚至会想起弟弟刚出生的时候，可紧接着我就会怀疑自己，那时都没能好好保护弟弟，如今却在这儿假装善良。我讨厌这样的自己，甚至搞不清楚哪种情感才是我内心真实的想法，因而陷入一片混乱。"

我用力点了点头。他继续说道："对，珠实，你也是如此。我从没对交往过的对象做过那种事，和你在一起，我时不时就变得厌烦起来。总是会想到自己童年时候卑鄙、邪恶的样子，担心自己小时候对待弟弟的事被人知道——要是那样一切都完了，大家一定会认为我们全家都是恶魔。我的内心痛苦万分，负罪感如影随形。越是在你身边，我越是觉得自己做过的事情非常过分，似乎是你把我带回到了那个混乱的童年时代，到最后我甚至分不清，对你究竟是喜欢还是恐惧了……但和你在一起是幸福的。从第一次见面到现在，我们一起品尝美食，一起烹饪、外出游玩，这一切都让我倍感快乐。我意识到自己必须要认真考虑我们的事儿。也许我还不能一下子做得很好，但是我真的想努力看看，哪怕有一点儿光明和希望，我也想努力走出这个永无止境的噩梦。"

几年了，直到听了他的这番话，我的内心才真正流出一些温暖的东西。可即便如此，当他一言不发，坐在我的身边时——哪怕是坐下时发出的声响，也会吓得我瑟瑟发抖。看到我这样，他便收回正要取啤酒的手,看着我说:"我不会再打你了,真的不会了,我发誓。"

也许很多人都会觉得,我选择相信彻平的话很傻,可能还会有好心人劝说:彻平的话都是骗人的,家暴只有零次和无数次。那种男人永远不会改变,将来也还是会不断重复之前的所作所为。

但是未来谁又会知道呢?

现在,我有了他的孩子,哪怕我有一丝可以看见的光明,也想像他一样拼命抓住。哪怕对方只有些许要改变的意识,只要我有能够应对这一切的体力和精力……我就会和他交往下去。

我们坐在一起,开始喝酒,喝得恰到好处,一同钻进被窝。

"晚安!"我对他说道。他默默地为我盖好了肩头的被子,"感冒就麻烦了。"

只因这简单的一句话,我终于敢碰触他的胳膊了。

彻平先闭上了眼睛。

"晚安,在大熊到来之前。"我说到这里,又赶紧摇了摇头,"大熊已经不会再来了,一定不会的。"

我伸手关上了枕边的灯。

所有的灯光都熄灭了,屋中仅存两人的心跳和体温,在这黑暗中,像夏天的萤火虫,翩翩飞舞。

鳄鱼的午睡

说起来,他在我这里从来就是个不受欢迎的客人。我也是五分钟前才得知他要来的消息——刚打扫完房间,电话就响了起来。

"怎么回事?"我问道。电话那头的男同学像是在搪塞着我的问话,谄媚地笑道:"……所以嘛,是他突然说想去的。不过这也挺好的,正好四个人。雾岛你和其他人聊天,不理他就行了。"说完他就挂断了电话。

我心里有些不高兴,呆呆地看着灶台上开水翻滚的砂锅。这天中午,我约了学校的男生们一起庆祝期末考试顺利结束。大家说好在我租住的公寓吃火锅，通宵喝酒聊天。这提议想想都觉得刺激，可意料之外的是，他们居然还邀请了都筑新——我和这个人一向处不来。

大家一到我家就纷纷换鞋进屋，我发现只有都筑新穿的不是球鞋。他穿着一双看起来很高档的黑色皮鞋，紧张不安地环顾整个屋子。

我装作没看见，从另一位男同学手中接过一袋子罐装啤酒。

"真的可以把做饭全交给你一个人啊？"戴着银边眼镜的樱井同学边脱他的黑色毛呢外套边问我——他是今天这些同学里唯一一位称得上彬彬有礼的人。"没关系，大家快坐下，看电视或者干其他事都行。"我这句妈妈常说的台词一出口，他们便装模作样地齐声说："好的。"然后一个接一个走进客厅。今天来的客人全都是男生，我们是同一所大学电子工程专业的同班同学，这个班里只有两个女生，所以大家平时都在一起玩儿，基本上没有什么男女之间的隔阂，都互相当对方为闺密。

都筑新说他想用下卫生间,我右手拿着菜刀,用另一只手给他指了指厕所的方向。走廊尽头淡淡的荧光灯一照,显得我手里的白菜心看着发白。

忙了一会儿,身后好像有流水的声音,我赶紧打开门一看,只见都筑新一脸认真地站在那儿。

"怎么了?"我问道。

"这浴室,你不觉得很狭窄吗?"

听着他一本正经的提问,我不禁皱起了眉头。

"确实不怎么宽敞。"

"一个女孩子用这么小的浴室,不觉得不方便吗?"

"确实有点儿不方便,实在想宽敞地洗澡,我会去附近的澡堂子。"

"这么不方便,那为什么还要租这里?"

我被他问得瞠目结舌,抬头看着他。可他却用反问的语气,盯着我说道:

"你那么缺钱吗?"

"不过是差了几千日元,最多一万日元,租个好点儿的房间不好吗?"

我心里蹿出一股火气，已经快要听不下去了。这时，樱井边挽着毛衣袖子边走了过来，"我还是来帮忙吧，雾岛你一个人太辛苦了。"他说道。

都筑新见状，正要回客厅，却好像突然想到什么，回头再次望向我这边，"今天的饭里，没有荞麦类的食材吧？"他问道。想到刚才被他问得哑口无言，我就气不打一处来，反问道："没有啊，都筑新你似乎对生活品质很有要求嘛，那你是不是对吃的也很挑剔啊？"

"不是，我对荞麦严重过敏，一吃可能当场就暴毙了，所以想先跟你说一声。"

"别怕，没有荞麦或荞麦粉之类的食材。"我冷哼一声道。

他说了句"知道了"，就向屋里走去。

过了一阵子，我做好了饭，把什锦火锅端到桌上，腾起的热气直冲屋顶，男生们欢呼起来。在饿着肚子的大学生面前摆上香喷喷的什锦火锅，那结果就是瞬间被吃光。这火热的气氛，连我屋子里的镜子也被热气熏成了纯白色。

之后大家进入冗长的喝酒聊天时间,我们喝着酒,聊着一些生活中的逸事。不知道为什么,我刻意回避都筑新的目光,只好观察起身旁坐着的樱井,他非常瘦,有着像女孩子般温柔的侧脸。脸颊白皙、鼻梁细长的他瘦骨嶙峋,似乎比棕色皮肤的我更像个女孩子。

"樱井你有兄弟姐妹吗?"听我这么问,他好奇地眨着眼睛说道:"我有一个妹妹,怎么了?"

"总觉得……樱井的妹妹一定会特别可爱。"

"嗯,她可和我不一样,特别有活力,从初中开始就一直在校排球队,天天训练,所以练出一双好腿,那肌肉就像自行车赛车手一样强壮。"

我被他逗笑了,他也笑着拿起一瓶开了封的日本酒,倒进杯子里——这杯子刚才还用来装啤酒了。

我端起酒杯刚喝了一口,就沉默了。

"怎么了?"樱井诧异地问了一句,顺手拿起自己的酒杯尝了一口,"好像也没什么怪味儿啊?"

"这酒是谁拿来的?"我问道。

"是我。"都筑新掷地有声地说道,我向他那边看去。

"这酒很贵吧?"

"我觉得应该不便宜,在我家放着,随手就拿来了,没确认过具体价格。"

听了这番话,大家都一脸钦佩,交口称赞之余,纷纷望向手边的玻璃杯。我探头往桌下看那瓶似乎出身不凡的日本酒,此时正和一些便宜的烧酒、空的啤酒瓶摆放在一起。这个时候我忽然小声说了句:"这酒味道好怪啊……"结果大家一起笑我没见过世面,唯有都筑新没有说话,只是直勾勾地望向我。

第二天一早,阳光透过窗帘的缝隙照进屋里,男生们横七竖八地挤着睡在桌子旁边,他们一个个睡眼惺忪地爬起来,在洗手池前整理好睡乱的头发,嘴里嘟囔着今天的安排,各自回去了。

最后只剩都筑新和樱井同学——樱井同学是第一个起来的,他收拾好头发、洗漱完毕就开始帮我收拾垃圾。他说一会儿要去打工,所以上午就得回去准备。我瞪了一眼一旁的都筑新,他躺在毯子上睡得正香。

樱井同学注意到这一切，笑着对我说：

"别介意，都筑不是什么坏家伙。"

我对他这个观点持保留意见，皱着眉问道：

"都筑同学没有任何安排吗？是不是该叫他起来了啊？"

"要是有的话他自己就起来了吧。"说着，樱井同学在玄关系好了鞋带，接着突然对我说道："这么说起来，我昨天听到时也觉得很意外，据说这家伙从来没打过工。"

"一次也没有吗？"

日本的大学生无论是为了生计还是为了以后漂亮的简历，到这个年纪，总是要去外面的公司打工的，这是常识。我惊讶地反问完，樱井同学点头说："是的，一次也没打过。不过他也没必要打工，可能他根本就没想过。"

"还真有这样的人啊。"

"有啊，在那儿睡着的那位不就是吗？"他说着又看了一眼屋里睡着的都筑新，再一次笑了。

于是很快，屋里只剩下我和那个睡懒觉的男子了。

现在是中午了。我正一个人准备午饭，都筑新终于醒了。他像昨天那样走进卫生间，不一会儿只见他满脸是水，睡眼蒙眬地走到我跟前："不好意思，能借我用下毛巾吗？不小心把水弄洒了。"

我什么也没说，递给他一条擦脸用的毛巾和抹布。他接过毛巾缓慢地转身回了卫生间。

"我正在做午饭，你要一起吃吗？"我问道，隔着门，听他立刻回了句："好的我吃。"我正要往锅里放鲣鱼和小鱼干，听他说也吃，又往锅里加了些水。

不一会儿他出来了，看着我把饭菜端上了桌，揉着微微浮肿的眼皮，小声说道："大家都回去了？我睡得什么也不知道了。"

"大家都说要打工。周内咱们课也多，课后还要做课题、写报告，周内没时间打工。"

"嗯，好好的周末还得去打工，真辛苦。雾岛你今天没有安排吗？"

"我周内还有周六的早上到傍晚在电话购物那边打工，周天没什么安排。"

"电话购物？哦，就是不停地给别人打电话那种工作。"

他一边点头一边伸手端起鸡蛋鸡肉盖饭，把米饭和鸡蛋一股脑地往嘴里扒，刚扒进嘴里就嘟囔道："这饭真好吃啊，比我家的饭好吃多了。"

我无奈地跟他道谢。

"都筑同学，你昨天是不是心情不好啊，今天看着倒还行。"听我这么说，他边往嘴里扒饭边暧昧地点点头。

"是不是因为我家比你想象的破旧啊？"

他抬起头来一脸认真地答道："也有这方面原因。"从和女孩儿交流的角度来看，我觉得他真是无药可救。

"大家不都会对女生的房间抱有一定的幻想嘛。"

"是吗？我怎么不知道？"我反问道。而后不甘心，又大声强调了一遍，"我可不知道！"

见我这样说，他挠着头答道："不用说两遍，我已经听懂你不知道了。"

"可能你已经习惯了干净整洁、设施齐全的空间，所以看到我们这些简陋的房子，就会因为这种过低的生活水平，觉得不适应吧，但你这纯粹就是多管闲事。"我不高兴地说。之前我就听说，都筑新一家就住在横滨，父母却在位于东京的学校附近给他租了一室一厅的高级公寓。自从听说他一个人住在高级公寓，我就对他没什么好感。如果他是个粗俗的富家公子，我倒还能嘲笑一番，可他却是个非常接地气的隐形富豪，然而即使他并未在人前显得嚣张跋扈，富豪的炫耀属性还是会常常显露出来，这时常让我恼火。

"不过我并没有不喜欢啊，只是有些惊讶而已。"他说道。

我原本想告诉他，正是你这种纯粹的惊讶表现，才更伤人。但觉得和他争论下去也毫无意义，于是什么也没说。

"不管怎么说，这个鸡蛋鸡肉盖饭，真的很好吃，里面的洋葱都是甜丝丝的。"他说道。

"因为这些都是我在网上选的产地直销的食材。"我说。

"鸡肉也不错，又嫩又好吃。还有昨天的什锦火锅，里面的蔬菜，一吃就知道比附近超市的蔬菜新鲜多了。雾岛你该不会是把钱都花在吃上了吧?"

我停下手里的筷子,郑重地回答道:"是的。"

"果然,所以才住这么破的房子,也不怎么打扮自己。"

"不怎么打扮是什么意思?大家不都这样吗?"这句话的杀伤力目前在我心里是最大的。

"现在的女生,谁会天天穿着黑色高领毛衣啊,还有那发型……"

"都筑同学,请你吃完就赶紧回去吧。我还有很多事要做呢。"

"你不会生气了吧?"

"你又不是我男朋友,我没理由听你对我的外表说三道四。"

"那倒也是。"他老实地答道,说着喝了口桌上的大酱汤。

我重新审视他的着装。乍一看只是穿着件非常普通的条纹衬衣,搭配黑色开衫、灰色裤子。细看就连那衬衫上的扣子也都形状各异,然而在这些不经意中,侧面的线条以及袖子的长度等细节,都是精益求精的设计。那件黑色的外搭，他睡着的时候一直扔在地上，我想帮着拿到旁边放好，抓起毛衫，那手感瞬间让我觉得自己的毛衣简直不能穿。

"我一直都觉得外面的饭比家里的好吃，但雾岛你做的饭还真是美味可口。我还能再来吃吗？"

"你觉得可能吗？"我一脸不高兴地说。

"作为补偿，我给你提供好酒好肉来，只要跟家里说一声，他们立马会送过来的。"

听他这么一说，我内心的拒绝瞬间动摇了。这一刻我对我自己的吃货属性发自内心地怨恨。

"可以吧？要是那样的话……"

让我马上点头答应我也有些不好意思，于是我反问道："你家里有那么多上等食材，还觉得平日的饭不好吃吗？"

听了我的问题，他苦笑着说："嗯，我母亲对吃饭这件事一点儿也不感兴趣。小时候，只要我们抱怨饭不好吃，妈妈总会生气地说自己也不会做饭，不好吃是理所当然的。要那么想吃美食，就去外面吃吧。"

"原来如此，不过也太可惜了吧，明明有上等食材却不会做。昨天也是，那么好的日本酒却用喝过啤酒的杯子盛着喝了。"

"哦，那个啊，家里没打开的酒，只剩那瓶了。刚听到我爸的留言，说那是青森很难买到的名酒……我爸声音里带着怒火。"

"别说了……要是昨天晚上我把那酒偷偷藏起来就好了。"

我的这句话引得都筑新放声大笑。

"雾岛你这性格是像了你母亲吗？很像那种爱把'这多可惜啊'挂在嘴边的长辈。"

"比起妈妈，我可能更像奶奶。她几年前去世了，去世之前她都住在我家附近，常给我做饭，奶奶是个地道的美食家。"

原来如此，他信服地点了点头。

都筑新吃完饭，我就开始收拾打扫，可不知道为什么，一会儿工夫他又在毯子上睡着了。

等我回到房间，看到他像只大猫一样蜷在毯子里睡得正香，一时间不知如何是好。睡着的他呼吸很轻，有着固定的节奏。看样子他一时半会儿是不会醒了。

我从前是个内向耿直的孩子，上小学的时候，在班里几乎没有女生和我做朋友。唯独有一个男生，从小我们两家就住得近，所以关系好，偶尔他会来我家玩。

暑假里的一天，我独自一人在家看书，突然从屏风后面传来了他的声音。一打开门，就看到他穿着T恤衫、大短裤站在面前。可能是刚从海边回来，他一只手里提着透明的大包，湿漉漉的头发在烈日的照耀下乌黑闪亮，晒得黝黑的四肢强健有力，再看看我这纤细柔弱的胳膊，根本没办法和他比。

"好渴啊，给我倒点儿果汁吧。"

现在看来，他当时讲话的方式只是单纯的不客气、厚脸皮，但那时的我却不这样认为。我的父母整日争吵不休，甚至半夜会有邻居来敲门投诉，那样的环境造就了我阴郁的性格。这也成为其他孩子远离我的原因之一。所以当我遇到他——一个从不对我说敬语的男孩，自然会把他当成重要的朋友。

我把他让进屋里，从厨房水池下面取出乳酸菌饮料，加冰、兑水，让味道变淡。再取出两个杯子，朝他走去。他正盘腿坐在房檐下等我。

"谢谢！咦，这个味道怎么这么淡？"嘴上这么说着，他却两口就喝完了所有的饮料，咕咚一声躺倒在屋檐下的回廊里，小声念叨着："游完泳就是很困啊。"说着他缓缓闭上嘴巴，不一会儿传来了他熟睡后的呼吸声。我不知该如何应对，只得跪在他身旁，默默翻看学校的作业图册。在我听来，翻书的声音显得尤为刺耳。蝉鸣声忽远忽近。院子里微风拂过，草儿随风摆动，每一次草的晃动，都能让光从一边照向另一边，好像波光粼粼的水面。外面太过明亮，显得手边有些微微暗淡。

那时我之所以不敢发出一点儿声音，是怕他醒来就要起身回家，于是我小心翼翼地翻着每一页书。即使没有任何言语交流，一个毫无恶意的人愿意待在自己身边，也会让我无比欣喜。

那之后，都筑新果真每天来吃晚饭。

岂止是晚饭，饭后他干脆躺在地上，看看电视或是做些别的什么，每次都会一直待到末班车的时间才离开。这让我很是为难，决定找他摊牌。

"都筑同学你为什么总要来我家呢？"

晚饭过后，我端着绿茶问他。他喝了口茶，堂而皇之地说："一个人在家不也闲着没事吗？"听到这样的回答我惊呆了，这是一个待在女孩子屋里的男子该说的话吗？他可真敢说。

"你和其他男生玩不行吗？"

"那可不行，我不喜欢居酒屋难吃的饭菜，更不想喝兑了水的鸡尾酒。"

"那就去找其他女孩子玩啊。对了，好像没听说过你有女朋友。"

一听到我这个问题，他直接把原本盘着的两条腿伸到毛毯上，高兴地说了起来。

"那个嘛，我们已经交往快一个月了，前天我们俩还一起吃饭了。去了很久没去过的一家店，不过那家店的菜没以前好吃了。我就觉得有点儿不好意思，结果我女朋友居然笑着和我说：'有名的饭店就是不一样啊，真是太好吃了！'我一下子不知该怎么接她的话了，所以就什么也没说。"

我是头回听说他有女朋友，按他说的交往了一个月的话，那就是来我家吃什锦锅之前的事儿了。

"那是你女朋友给你面子吧。"我一边叉起一块羊羹点心一边对他说道。

"不，看她说得挺真诚的，不像是为了顾及我的面子在撒谎。不过她人不错，长得也漂亮。应该是不怎么关心美食，没什么恶意的。"

我正要点头示意原来如此，他突然反问我："雾岛你呢？雾岛，我觉得你现在这样子不太适合给男生看吧。"他这种看似为我着想的担心，在我看来是毫不留情的讽刺。

"你既然有女朋友，为什么不去找她做个饭什么的消磨时间呢？"我嘟着嘴。

"哦，在你眼里我就是个消磨时间的啊。"他惊奇地说道。

原本是为了掩饰自己的害羞，我才说了那句气话，他竟欣然接受了，害得我也没法否定自己刚才的话了。

我俩突然没什么话说，都筑同学伸手拿过一旁的抱枕，又躺在地上。身材魁梧的男生就这么躺在自己身边，仅是躺着，也会让我感受到他强烈的存在感。

于是我只得拿起并不是太想喝的茶水，倒上了第二杯。

"都筑同学你真像只猫，是不是常有人这么说啊？"

"是吗？有朋友说我像狗。但我女朋友说我像狮子。大家都是根据自己的喜好来判断的吧。"

"那你自己觉得自己像什么呢？"

"嗯，感觉哪个都不像。不过，要是有人说我像鳄鱼，那我可能会赞同吧。"

"为什么是鳄鱼？"

我丝毫没有掩饰自己的好奇，直接反问道。他边挠着头边说："因为我喜欢鳄鱼。这些家伙，捕食的时候总是心无旁骛。猎物一旦进入视野，那一瞬间，它们会条件反射般地出动。怎么样，厉害吧？"

"那是很厉害，不过都筑同学你可不像鳄鱼那么机敏灵活。"

"嗯……我说的可不是那种亚热带鳄鱼。对了，你知道伊豆的鳄鱼公园吗？"

"嗯，听说过，是很有名的地方。"

"之前我和家人一起去泡温泉，返程时顺路去了那里。公园建在一块能够看到大海的高地上，在围栏围着的水池里，成群的鳄鱼，从早到晚睡在里面。我爸妈吓得想赶紧离开，可我却对这些鳄鱼羡慕有加。一阵海风吹来，小草和树木都跟着摇曳，一眼望不到边的天空无比湛蓝，在那里感觉连时间都像是静止的。只有在用餐时间，鳄鱼才会一下子睁开它那黑黑的小眼睛，样子好笑极了。我甚至想，来世要变成这里的一条鳄鱼，没有任何作用，不伤害任何人，仅凭最低的欲望活着。怎么样，是不是很棒？"

都筑新神情自若地讲着这番话，让我再次想起儿时那个安静的下午——我和那个男生，最终因为小学后半段他搬家去了别的城市，关系也渐渐疏远了。

兴许是我不说话让他觉得无聊，都筑新抬起上身，伸手打开了电视开关。从背后望去，他脖颈的线条美得让我觉得不好意思，再次让我感叹他平日里的保养得当。

"雾岛同学,你好像从没梳过像这样的发型,对吧?"

我顺着他的手指望去,电视画面里是一位最近常露面的女艺人,长长的头发,烫着大波浪卷,身穿一件时髦的黑色连衣裙,正在演绎一则化妆品广告。

"这种花哨的发型不适合我。"

"哦?是吗?我倒觉得挺合适。"

"我不喜欢那种风格,明明不适合还要染色什么的,多不好意思啊。"

他的视线慢慢从电视上移开,转向我。

"对了雾岛,你是不是从没谈过男朋友啊?"

他的口气不像是讽刺。但那一脸认真的表情,在我看来就是一种挖苦。

"有,就一次。"

"那人一定比你年龄大吧?"

"你怎么知道?"

"而且他应该比你大很多,你们年龄相差五岁或十岁吧。能想象出喜欢雾岛的男生是什么样,外表朴素，但头脑聪明，凡事都先人一步的类型，对吧？"

"嗯，和都筑同学你正相反。"

听到我小声说了这么一句，他抬起头，望向天空。

"是啊，好像是。"他说道。

这时，放在房间一角的黑色书包里传来手机的响铃声。那手机铃声是不久前流行的曲子，我看着都筑新的脸，他一动不动，丝毫没有想要接电话的意思。

"都筑同学，接电话，电话响了。"

他仍旧毫无表情，摇了摇头："没事，我睡着了。"

"晚上八点你就睡着了？接吧，有什么不好意思的。"

"不想让你听到我讲电话，多不好意思。不用接了。"

因为他这句话，我开始猜测打电话的人是谁。

我什么也没说，端起茶杯喝了一口已经放凉了的茶水。

"你们可真烦人！"顾客大喊着挂断了电话，我叹了口气放下听筒。这一幕被公司的前园撞个正着，她迈着大步朝这边走来。只见她身穿灰色西服套装，西裤紧紧裹在她粗壮的大腿上。

"怎么又被顾客挂电话了？"她的语气有些强硬，搭配脸上扬起的茶色眉梢。要是卸了妆，她这对眉毛一定会消失不见吧，那一瞬间我竟想到这些毫不相干的事情。

"都说过多少次了。起码要追着问上三次，客户拒绝了三次才能放弃。你真是没有毅力啊。要 push，push 懂吗？"

那张嘴好像个漏气的口袋，那些英语单词一个个从里面蹦了出来。我听着她的训话，连声道歉。前园刚一走，旁边位子上的女孩就探过身来说："一上来就要厚着脸皮和一个连面都没见过的陌生人讲话，还得强行给人家推销净水器，认为这些是理所当然，她前园才奇怪呢，对吧？"

面对她的小声耳语，我不置可否地笑了笑。

某高档写字楼的一个房间里，摆放着几排白色的桌椅，一群女孩子像上课那样整齐地坐着，一手拿号码单，一手握听筒，不停地拨打电话，这场景确实奇怪。这样的公司，基本不会造福社会，甚至会因为给大家添了不少麻烦而遭到排斥。看在工钱的分儿上，我不敢抱怨，但说实话，打这份工赚来的钱，不过是对做这些毫无意义事情的补偿而已。在这里我只能感受到虚度时光，却一点儿没有在劳动的感觉。这种毫无成就感、隐蔽又可疑的工作，只会让人越发疲惫。

工作期间一直在不停地拨打电话，筋疲力尽的我终于可以午休了。在更衣室，掏出手机就看到了都筑新的未接来电。

我取出外套披上，拨通了他的电话。

"我正打工呢，怎么了？"

听我这么说，他回答道："晚上，咱们大家一起吃个饭怎么样？我请客哦。"

"大家都有谁？"我问道。

"我和我女朋友，樱井也说他要来。"

他居然邀请了和我同一个系，且关系最好的樱井同学，这难道是他特意为我做的？还是说，他是想邀请樱井，我只不过是陪衬？不管是哪种，想到要见都筑新的女朋友，我内心多少还是有些抵触的。瞬间想到一旦有别的女孩子加入，自己定会相形见绌。

"不好意思，我出门时已经准备好晚饭了。"

"当明天的早饭吧，晚上要去的是我很喜欢的一家美食店，想让你也一起去。"

他的这番话，打消了我满脑子的胡思乱想，我回答道："知道了，我去。现在是打工的休息时间，我五点下班后就过去。"

"那咱们六点半在原宿车站检票口见。"

说完他挂断了电话。

打工结束，我坐上山手线赶去原宿。

因为打工期间一直坐着，腰有些疼，我隔着外套，一边轻捶着腰，一边欣赏窗外太阳西沉后的城市街景。看到车窗上映出的自己的模样，我一下子在意起来。虽然因为打工化了淡妆，可脖子以下那身打扮却让我一下子想起都筑新曾说我的那句"你不怎么打扮嘛"。我穿了件藏蓝色的短大衣，里面是那件常穿的黑色高领毛衣，下身搭配灰色长款半裙。的确，映照在车窗上的那个色彩单调的我，看起来毫无特点，甚至快要和窗外黑暗的夜景融为一体了。

赶到原宿车站,距离我们约定的见面时间还有三十分钟。我穿过车站前嘈杂的人群,朝一家服装店走去,那是唯一一家我知道的服装店。

店里宽敞明亮、素雅有致。店员脸上挂着初升太阳般灿烂的笑容,迎上前来。

我能毫不畏惧地迈进这家服装店,是因为这里的服饰,无论色调还是样式都是基础款,且品质上乘,价格也相对比较便宜。我环视整个店内,望向打折货架上的几件针织衫,一位短发戴眼镜的女店员走了过来,从上面取下一件递给我。

"您觉得这件怎么样?只剩这一件了。"

这是一件V领黑色针织衫,领子开得略低,我沉默着没有回应店员,不仅是领子,衣服的材质也比较特别,纯黑色线里加入了另一种闪光棉线,搭配店里的灯光,整个衣服看起来闪闪发光,让我很是喜欢。

"会不会有点儿太花哨了?"

听我这么问,身着黑裤子白上衣的女店员露出了惊讶的表情,接着摇了摇头。

"不会哦，这件设计很简单的，无论上班还是日常生活都能穿。"

说着她推着我走进试衣间。

穿上身后，再看这件衣服，的确没有想象中那么花哨，贴身的设计，突出了腰线。这件衣服衬亮了我的肤色，略低的V领使锁骨裸露，我看着镜子里的自己，依旧犹豫不决。最终在店员的极力推荐下，我还是买了这件衣服。

走出服装店，我找了个卫生间，换上新买的衣服。取下头绳，把黑发披在肩上。最后在镜子前补了妆，重新涂上口红，觉得自己好像突然变成特别在意男性目光的那种女生，这甚至让我有些害怕。尽管如此，此刻我的心里竟有了想要以这个样子出去见人的欲望。

内心紧张的我急匆匆往车站走，远远望见他们三人已经在检票出站口等着了。一阵风吹来，刚刚脖子还有高领毛衣护着，这会儿我只能在寒风中颤抖。我走向斑马线，想赶紧到路对面和他们会合，却被迎面走来的路人撞个正着，羞得我不知如何是好，甚至都能感觉到脸颊的滚烫。

"让你们久等了，对不起。"

说着我走到了他们跟前，屏气凝神地望着都筑新的女友。

"我们也刚到，没事。初次见面，请多关照，我是山本遥。"他的女朋友自报家门说道。天气虽然寒冷，她却穿着条短裙，露出可爱的美腿。我原以为都筑新的女朋友会带有几分成熟，谁知她一头咖色的齐耳短发，声音洪亮、明眸皓齿，就连笑容都十分灿烂。我从气势上败下阵来，甚至感受到了她的精神和活力。

"那咱们走吧。"

都筑新分别和我以及樱井同学互换了眼神，最后在和女朋友目光确认后，带着我们朝表参道①方向走去。

我们走进一栋稍显老旧的大楼，饭店位于这幢大楼的三层，是一家意大利餐厅。店内专门使用了暖色调的间接照明，却掩饰不住遍布墙壁及天花板的破损

---

① 表参道是日本的地名，离涩谷不太远的地方。

痕迹。不过纯白的桌布、桌上的蜡烛、墙上的西洋画和古色古香的桌椅等,让人感觉店里的整体氛围还不错。

"这家店开了很久了吗?"山本遥边脱外套边问都筑新。她穿着一件白色的无袖针织衫,露出的手臂看上去洁白细嫩。

"我第一次来这家店,可能是七年前了,味道一如既往没得说。"

"都筑你可真是美食爱好者啊。"

樱井同学笑着接过我的外套,递给店员。

我无意间一回头,看见都筑新正直勾勾地望着我,不知道为什么,心一下子提到嗓子眼。"怎么了?"我坐下来用紧张的声调问道。结果他笑着说:"雾岛同学一如既往穿着黑色的毛衣啊!"

听到这句话的一瞬间,我猛然感觉眼前这一幕好像在哪儿发生过。——"你还在听简·伯金的歌啊。"这是都筑新走进我房间,开口说的第一句话。

"嗯。无论听多少遍,我就是很喜欢这种感觉。"当时我这样回答着,听到我这么回答,他用委婉的口气说道："不是的，我只想说，偶尔听听不一样的怎么样？"

"我倒是无所谓，不然，下次把你喜欢的CD带来听吧？"

"不是，我是说你，总是听同样的歌曲，穿同样的衣服，就连兴趣爱好和讲话的内容都一成不变。你还年轻，为什么不去尝试各种乐趣，培养不同的兴趣呢？"

听他这么说，我有些不高兴地反驳道："为什么要这么说我，我对现在的自己很是满意啊。"

自那之后，从他看我的眼神里，总能感受到些许的怪异，我不知道他在想什么，只能把这种怪异视为一种轻蔑的眼神。

"……你可真是比化石还顽固啊。"他此时又说道。

"新，不能对女孩子说那样的话，多不礼貌。"他女朋友的话把我拉回了现实。

"没关系，因为我说的都是事实。"他一边笑着一边说，然后提高音量接着说，"雾岛同学常常穿着黑色毛衣，像极了动漫里总穿同样衣服的主角，我老早前就发现了。"

这番话让一直沉默的樱井同学笑出了声,我也放声笑了起来。心里却在气自己不该直到刚才还对他的评价抱有幻想,更气自己今天还要特意装扮,把自己收拾成如今这样子,我气到极点竟也觉得痛快了,但是不知怎么的,笑着笑着想哭,那一定是因为紧张的心情得到了放松,我这样劝诫自己。

"雾岛,快看看前菜吃什么吧。"听到都筑新的催促,我拿起了菜单,"现在这个季节,得吃这个吧。"听到我的话,他非常认同地点了点头说:"是啊,我也这么想。那就点这个和小遥喜欢的章鱼片干酪沙拉这两个前菜吧,大家一起吃。"说完他喊来服务员。

我喝了口醒酒器里倒出的白葡萄酒,胃里一下子温热起来。酒这种东西就是越喝越多,不一会儿我醉意上来,精神也跟着兴奋起来。我只觉得整个身体都开始发烫,忍不住感叹道:"这会儿倒是热起来了,早上出门还冻得要命呢。"听我这么说,山本点点头,高兴地说道:"我倒是很期待冬季,因为可以滑雪。"

滑雪……就是那个专门在寒冷季节，背着沉重行李去更冷的地方，在雪地上来回摔跟头的运动吗？凡是说喜欢那个运动的人，瞬间会让我觉得自己和他不是一类人。

"新，明年你也和我们一起去吧，我就跟爸妈说去的都是女生。"说完，山本一脸纯真地笑着望向都筑新。

"好呀！不过我比较喜欢带温泉的滑雪场，滑完雪泡泡温泉，不会觉得太累。"

"好啊，有没有温泉我都无所谓，那咱们约好了啊！"

"好的。那去之前我得准备好滑雪板什么的。大概买多少钱的比较合适？"

"那得看你要买什么样的了，不过太便宜的滑雪板，很容易磕坏，坏了就没法儿用了。新，像你这种不差钱的，还是买个好点儿的吧。"

我默默听着他们的对话，望向都筑女朋友的指尖——她正伸手去拿酒杯。长长的指甲一看就是专门修剪过的，每一个指甲都涂了漂亮的指甲油。我向来比较害怕把自己的指甲做成这个样子——这种精心呵护的指甲没办法淘洗锅里的大米，也不能搅拌肉饼的馅料，更不能用力擦拭糊在锅底的黑垢。从任何一点看，长指甲都非常不实用。比起实用性，的确有女性只追求指甲的观赏性。但我绝不属于后者。

"你们两个是怎么认识的？"

樱井同学不慌不忙地问道。听到这样的问题，都筑新和他的女朋友对视了一下，"一次在酒吧，我们邻座，她和另一个女孩看着酒水单说着什么健力士（黑啤酒）里都加了什么啊，干马丁尼（鸡尾酒）喝起来一定丝滑爽口吧这类的傻话。我实在看不下去了，就给她们讲了讲酒的分类。"现在的女孩子们也都常喝酒啊，这些着实令我惊讶。

尽管都筑新这么说，他的女朋友看起来却一点儿也不生气，笑着说道："哎呀，那是人家第一次去酒吧。我本身酒量也不怎么好，平时最多也就是一杯普通鸡尾酒之类的。"

"所以啊，你当时那番话实在太丢人了。"

樱井同学笑着点头，同意都筑新的说法。那笑容里不仅看不出一丝轻蔑、冷漠，甚至感觉他们倒是挺喜欢这样的女孩儿的。

"小遥，你应该多学一些社会经验。这家伙都二十岁了，爸妈还给她规定有门禁呢，必须到点就回家，难以相信吧？"

"这话你得跟我爸妈说去。前阵子，因为同学聚会我没赶上末班车，我爸妈直接跑来KTV接我了。真是烦死人了。"

……

我的内心已经深切感受到自己有多讨厌这样的女孩儿了。并非只是她，而是以她为代表的，那类没有经历过生活的艰辛，过着安稳日子的，却还能理直气壮地抱怨所有事情的孩子。别说有人来接了，她们一定不知道，有的孩子甚至会在半夜冲出家门，整晚四处寻找自己的母亲。终于在满是烟酒臭气的酒馆找到妈妈，正要去拉她的胳膊，却被邻座的醉汉一把抱住揩油摸胸。因为这些被气哭，感到羞耻——滑雪，对于从高中时就一个人生活的我来说，根本就是一种奢侈。就连祖母的去世，我都无法坦荡地哭泣，那是因为我知道，自己是因为她的遗产才上得起大学的。

我望向自己即将喝完的空杯子。

走出饭店，外面几乎没什么路人。路灯照在赤裸的行道树上，加上沿途商铺橱窗里的灯光，让通往车站的路显得明亮许多。眼看十字路口马上要变灯了，我们四个一齐跑了起来。就要跑过斑马线时，我绊在马路牙子上差点儿摔倒。那一瞬间，都筑新一把抓住了我。我喘着粗气抬头看向他，只见他一脸认真地说："怎么样，我反应快吧。"听他这么说，我忍不住笑了出来。他立刻收回手，也笑着说："你没受伤真是太好了。"那是真心为我没有受伤感到欣慰的语气。这时，樱井同学和山本也走过来，问我有没有受伤。我点头谢过之后，望向都筑新的女朋友山本。她身上传来一股淡淡的香水味，那是花草的香气，我试着用力闻了闻，却一点儿也没嗅出她因看见自己的男朋友搀扶我而生出的嫉妒的味道。

在回去的电车里，只剩我和樱井同学，手握吊环的他突然对我说道："说起来，雾岛你以前好像不怎么喜欢都筑新，现在看你们关系还挺不错的嘛。"

我顿了一下，想着也没什么好隐瞒的，于是说道："之前咱们不是一起吃火锅嘛，从那之后都筑同学偶尔会来我家玩儿。"

"是吗？"听我这么说，他皱着眉问道，"雾岛你不会也在和那家伙交往吧？"

我赶忙摇头，"那怎么可能！他只不过是偶尔来我家蹭饭而已。"听了我的解释，樱井同学仍旧一脸不可思议地说："咱们系的男生女生的确都只是普通朋友，话虽如此，可一个男生动不动就去一个单身女孩子家吃饭，这不太好吧。最重要的是，他有女朋友，我想他女朋友要是知道这事，怕是会不高兴。"听他这么说，我小声念叨着："是啊……"也许是我回应的声音太过低沉，樱井同学立刻用平静的语气安慰道："我并不是责备雾岛同学你，而是觉得都筑新这么做不太合适，他应该注意一下。"

"我觉得都筑新可能并没有多想吧。"

"我也这么觉得，不过并不是完全没有可能。"

听到樱井这么说，我拼命地摇头。

"我和都筑新可是普通得不能再普通的朋友。"

每当我这样否定我们之间的关系，就像是在否定自己内心的女性角色，这让我觉得羞愧难当。我的前男友是我在高中打工时认识的，他比我大七岁，当时正在上研究生。他是一个说话总是轻声轻语的人，和他讲话就像在图书馆讲悄悄话一样。他戴着一副无关时尚的银边眼镜，身上的条纹衬衫总是熨得平平展展。中等身材，体形偏瘦。虽算不上英俊，但他向下望时长长的睫毛和细腻的性格着实让我喜欢。

起初我们相处非常融洽。从爱好、穿衣风格，到喜欢的电视节目、聊的话题，甚至连做爱我们都无比合拍，那感觉就像在和另一个自己交往。我们像是组合在一起的精密零件，没有任何分歧、摩擦，就这样度过了一段完美的时光。

一直重复这样的日子会有多么无聊，当时的我无法想象，不过如今看来，也许我具备忍耐那种无聊的天分吧，而他却没能忍受住一成不变的生活。

就这样过了一年，他开始说自己疲于参加学会的各种活动，一回来就背对着我钻进被窝，这样的频率越来越多。我却误以为，自己比他年轻那么多，他一定会无条件地爱我。实际上，一切的自傲在生活不断重复的时间面前没有任何意义。隐约预感到分手即将到来的我害怕极了，却也只能靠数着他主动碰我的次数，猜测他的意思，这反而让他更加难以忍受。

在和我分手后，他开始和另一个打工的女孩交往——那是一个能在众人面前聊床事的女孩。一次在餐桌上，那女孩不小心讲到他们的鱼水之欢。每当她说到这些，我总是不忍直视地转过脸去，他也会沉着脸抱怨几句，即便如此，这两人不但没有分手，听说还在去年秋天领证结婚了。

这次聚餐让我想起了那段久违的往事。都筑新让我觉得，也许我特有的东西，对于男人们来说，不足为奇，更不会引起他们任何的欲望。相反，我没有的东西或是我认为并不重要的东西，男人们却觉得弥足珍贵。

我认为自己只是单纯讨厌他毫无顾忌的说话方式。可实际上我已经意识到，那是因为害怕通过他，窥探到那个自己绝不可能经历的世界。

从那次吃饭之后,都筑新还是会时不时地打电话给我,但我不再接他的电话。那件 V 领的黑色针织衫,已经收在柜子最里面,怕是不会再穿了。

如果再像从前那样见他,我内心那些不愿直视的东西恐怕会流露出来无法抑制。趁现在还能控制自己,我把闪着来电提示的手机塞进包里,假装自己什么也没看到。一天晚上,在挂断快递员确认送货时间的电话后,手机再次响起,我以为又是快递员打来的,想也没想接了电话。

听到电话那头都筑新的声音,怕自己动摇,正要挂断电话。

"怎么最近都联系不上你啊,是不是生病感冒了?"他并没有发现我在刻意躲着他,这让我稍微松了口气。

"打工太忙了,找我有什么事吗?"我心想,要是再约我吃饭,那立刻就拒绝。

"雾岛,明天要不要一起去水族馆?"

"水族馆?"我惊讶地反问。

"对,上次我女朋友说想去,所以我查了一下,居然发现了一家展览白鳄鱼的水族馆。"

"你是说白色的鳄鱼吗?"

听我这么问,他回答说:"可能有。"

"所以,你可以和我一起去吗?你不是也想看白色的鳄鱼吗?"

"是想看,不过,你不是要和女朋友一起去吗?"

听我这么说,他嗯了一声,接着说:"一找到这个消息,就想起雾岛你,所以想先邀请你,而且我女朋友是想去水族馆看海豚和企鹅,可以不用专门去有白鳄鱼的水族馆。"

听到这儿,我突然望向自己的指甲——因为指甲剪得太短,整个指尖看上去圆圆的。不管是一时兴起,还是单纯被捉弄,只要是别人需要或提出要求,我的心为什么总是那么容易动摇呢?

"好的,那我去吧。"

挂断电话,我从放化妆品的盒子里取出仅有的两瓶指甲油。一瓶是透明的,另一瓶是接近肉色的淡粉。

在往手上涂指甲油时,我突然想到,莫非自己喜欢都筑新?这想法把自己吓出一身冷汗。接着我就开始想,我该穿什么好呢?想到这儿,我看了眼墙上的钟表,已经晚上九点多了。这会儿去买衣服,肯定来不及了。不过,车站的商场应该还开着,那儿要到晚上十点才关门。里面好像有一两家女装店,卖年轻女孩儿的衣服。

我坐立不宁,把钱包揣进大衣口袋,在玄关换好短靴。

锁门时我发现大拇指上刚涂的粉色指甲油已经掉了一半。

我下楼骑上自行车,迎着冷风朝车站奔去。为什么我总是这副模样?我一边在心里感叹自己的窝囊,一边骑车穿过整条商店街,这里的店铺基本都已经关门。可能是踩脚蹬时太过用力,我觉得脸颊被风吹得非常难受,夜空中浮现出一枚弯弯的新月,好像一幅剪纸画。我做的一切看起来都是那么愚蠢,像做梦一样。

终于来到车站的商场,我一边调整呼吸,一边停好车子，接着快步走进商场大楼。

在服装店，我毫不犹豫试穿了店员推荐的款式。不加任何思索，就像在给别人挑选衣服，机械性地完成了试衣环节。只是挑选了一下颜色，其余均交给店员。看着镜子里的自己，穿着那身衣服像极了杂志上的模特，只是头部换了我的照片。就这样，我盯着镜子里的自己看了十几秒，像是习惯了，竟毫不犹豫地结了账。

之后我走进车站大楼附近竖着黄色广告牌的廉价商店，在那里买了卷发棒。但因为完全不知道怎么使用，只得拿着买的东西返回公寓，一进门就立刻翻看说明书。

打开卷发棒的开关，冰冷的手指立刻感受到了卷发棒的温度。我正要卷头发，却不小心将卷发棒发烫的一头碰到了脖颈儿，虽然只是一瞬间，那痛感却逐渐扩散。一边感受着脖子和头皮若干处轻微烫伤的疼痛，一边笨手笨脚地卷着头发，就这样一直持续到深夜。

晃动的电车正朝着目的地行驶，我的内心被一种想要逃跑的心情驱使。无数次环视附近的乘客，确认有没有人用奇怪的眼神望向自己。从黑色皮包取出小镜子偷偷照了一下，发型虽有些散乱，但整体还算蓬松，保持着漂亮的曲线。我轻轻叹了口气抬起头来。

从检票口朝出走时，我心里还在默默许愿，要是都筑新还没到就好了，遗憾的是这个小愿望最终还是没能实现。他正靠在水族馆售票处旁边的柱子上，一看见我，脸上露出了惊讶的笑容。

"雾岛你怎么了？今天感觉不太像你的风格啊。"

"昨天我表妹来家里了，我都说不用了，可她还是带来各种衣服和用品，就连头发也是她帮我弄的。"

"哦，这样啊，不过弄得挺适合你的。"

他的这句话让我一下子放松不少。

我抬头看了看阴沉的天空，和都筑新并肩向水族馆走去。灰色夹克衫包裹着都筑新宽厚的肩膀，他的肩头正和我的视线齐平，随着步伐在我眼前晃动。云缝里透出微微的阳光，让我想起今天早上的天气预报，说是下午会放晴。寒冷的天气，就连自己的呼吸都让人觉得温暖，身上的白色薄大衣也好像没穿一样，即便如此我也觉得很幸福。

到了水族馆门口,他一把拦住我正要掏钱包的手。

"今天是我邀请你来的,所以我付钱。"

"可是……"

"要不你等会儿请我喝杯茶或者什么饮料吧,这里的费用我来出。"说着,他从茶色的皮夹子里取出两张千元钞票,但我还是有些顾虑,在领入场券的时候,掏出一张一千日元半强迫地塞给他。

他苦笑着走进馆内。

昏暗的水族馆里摇曳着湛蓝色的光影。我们步调一致缓慢地光影中向前移动,一旁发出的水声仿佛要将我们吸进这片空间的底部。

"雾岛!你快看,是无斑箱鲀鱼。这个呢,要是切开它的肚子,真会有一个像箱子一样的空洞。"

"哦,是吗!"说着我透过玻璃望去,一片巨大的阴影遮住了视线,我抬头一看,居然是一条鳐鱼,它正缓缓地从水底浮上来,那样子像是在飞翔。"太神奇了!"说着我指向那条鳐鱼,用昨晚我反复涂抹过指甲油的手指。

我们两人花了很长的时间看了各式各样的鱼类，之后，都筑新拿起馆内的参观手册，小声说道："白鳄鱼在哪儿啊？"我终于想起了今天的目的，与此同时也反应过来，此时自己感受到的一切不过也是"借来之物"——我借走了他的女朋友和他在一起的时光，却想象着这一切居然是属于自己的。

"是啊，确实没看到，在哪儿呢？"我不走心地回答着，装作饶有兴趣的样子环视馆内。我看见一位女性工作人员，转身对都筑新说："我去问问吧。"

"白鳄鱼的话，在那边。"她指给我们的地方，是一个巨大的水箱，里面有许多鱼游来游去。我们一起走到跟前一看，只见展板上贴着写有鱼名字的照片，不禁愕然了。

"……白鳄鱼是指白色的鲨鱼。"我抬起头来，正巧看到那鲨鱼旁若无人地在人造假山的缝隙里穿行。

"对不起啊，雾岛。我只看了文字，就以为是鳄鱼了。"听他这么说，我赶忙摇头："没事，我不也不知道吗？"

"不是，要是我事先好好查一下就好了，真是闹了大笑话，以后再也不能和小遥说起这些出来玩儿的事情了。"

就在他爽快地说出那个名字的瞬间，仿佛他自己也被吓了一跳，毕竟在日本，这样亲昵的称呼，只有关系很亲近的人才会使用。

"都筑同学的女朋友，是那种就算你和别的女孩子一起出去干什么，她也什么都不说的类型吗？"我问道。他望着我，像是没听懂问题的意思，不停地眨着眼睛。过了好一会儿终于啊了一声，点了点头说道："别的女孩是说雾岛你吗？我并没有经常和女孩子单独出去玩，所以不太明白你的意思。"

"没什么，其实无所谓是我还是其他女孩子。"

"嗯，这些无所谓吧。那家伙也会和男性朋友一起去喝酒什么的。要真发生了什么我也不会知道。彼此怀疑的话，真就没完没了了，所以必须互相信任。"

他若无其事地说着，可我却没明白他的意思。

"这样的话，你们真正喜欢对方吗？"

"怎么说呢，也不是那样，喜欢倒是挺喜欢的，不过我原本就不是那种懂得轰轰烈烈恋爱的类型。"

既然如此，要按他的说法，那和谁恋爱还不都一样吗？这样说来，如今这个瞬间，也就不能断言我们这样的组合是错误了吧。我居然有些不负责任的想法。

都筑新不知道我在想的这些事，问道："该吃午饭了吧？"

在水族馆的餐厅里，我们一起吃着口味过于甜腻的咖喱饭，边吃边抱怨今天的失误。这时他突然问道："对了，刚听你说表妹来了，你没有亲兄弟姐妹吗？"

我边用餐巾纸擦着嘴角边点头回答。

"嗯，一直是我一个人。"

"是吗？那雾岛你老家在哪儿啊？"

"千叶县的九十九里。"

听到我的回答，他一脸惊愕，停下了吃饭的手。

"是挺远的，但也不是无法往返学校的距离，要是住在家里每天直接去上学，不是更省钱吗？"

"但是从高中开始我就一个人住了，我父母的关系不太好，我不喜欢在家。"

他点了点头，说道："那你可真不容易。看得出，你像是历经过一些艰辛的人。我不太懂顾及别人，过去要对你说过什么没心没肺的话，还请原谅。"

"我已经习惯了。"

我这么回答本是想开个玩笑，谁知道他一脸严肃地说："是啊，要习惯倒也罢了，不过也有人会因此而受到伤害。"

孩子们大笑着从我们的桌旁跑过。也许是餐厅的灯光太亮，白色餐桌上的污渍有些明显。

"我也会因为各种事情受到伤害。"我说道。

"是吗？雾岛你无论说什么都很淡然，我还以为没什么能伤到你呢。在这一点上，你总让人有种安心感，能让人放心，我觉得这点非常好。"

最后的这句话吓了我一跳，我慌忙摇头，说道："当然，我比普通女孩要坚强。"随后挤出一丝笑容。

"这样啊。"他若无其事地回答道。他的手很大，我想象着他用那只手拨乱我整好的头发，然后越过桌子，触碰了我单薄的胸部。这时，我有一种错觉，自己像是变成了别的什么东西。从另一个角度看，就像水中的人鱼爱上了地上的男子，只不过是一个遥远而不切实际的梦。

冷了的咖喱难吃得让人胃里直泛酸水，但剩下又觉得太难看，所以我匆忙吃光了盘子里的饭，差点儿吐出来。

我们走出水族馆，望着黄昏天色渐暗的天空，商量接下来干什么。

"不介意的话，在我家做饭吃吧。"我像是突然想到了这点似的提出建议，他爽快地问："可以吗？"我点点头，其实今早我就已经买好东西，放进冰箱了。

回到公寓，我立刻走进厨房，为了不弄脏衣服，我系上一条红色格子围裙，拿出一口大锅。

配上章鱼和蒜苗的意大利面，加上马苏里拉奶酪和西红柿，不仅很快就能做好，这也是一道备受前男友好评的菜。

都筑新吃了一口意面，轻轻点头说：

"真好吃，黄油和蒜香都很浓郁。"

看着那表情，他正在开心地享用我亲手烹饪的美食，我觉得自己一定是很享受看到他那样的表情。

都筑新不一会儿就吃完了饭，他完全放松地坐下，说了句"多谢款待"。

"我去给你泡茶,稍等一下。"

我正要站起来,坐在桌边手托腮帮子的他,抬眼看向我。

"对,是围裙。"

听到这句话,我也低头看了看自己。

"哎呀,完全忘记要摘围裙了。这围裙怎么了?"

"就说怎么觉得雾岛怪可爱的,原来是因为这条围裙啊。"

我不知道该说些什么好,低头望向地板,却看见一双包裹蓝色拉夫劳伦棉袜子的脚,那是都筑新的脚。

"都筑新……"我叫道,"其实我好长时间没接你电话,是因为樱井同学对我说了很多……"

我的话让他皱起了眉头。

"一个男生有女朋友,还总去单身独居的女孩子家里,不太好,让我注意一点儿。"

"这样啊,对不起,害你多想了。那家伙也太认真了吧。我们也没做什么亏心事,他没必要担心。"

"是啊,"我回答道,"我和都筑同学根本不可能发生什么奇怪的事情。"

"是啊，而且……"

刚说了一半，他突然缄口不语。

"不好意思，差点儿又说了什么不礼貌的话，危险、危险。"

我笑着问道："有什么不礼貌的啊？"

"哎呀，还不是怕雾岛同学又要生气。"

"所以我都说了已经习惯了嘛，没关系的。怎么了，你说？"

"就是突然想到，雾岛家的浴室那么小之类的……"

那一瞬间，我没能明白他究竟是想说什么。

"做'那种事'的时候，开始之前或结束之后都会想泡澡，对吧，其实我不太会用整体浴室。当然我并没有别的意思，只是觉得比较麻烦，所以就很鸡肋了……"

我说了句"我去泡茶"，便离开了。

走进厨房，我拿起茶壶的盖子，指尖微微颤抖。感觉卷着的头发慢慢散开像是要掉在地板上，耳朵也像堵住了一样，意识茫然，不知道为什么，我的泪流了出来。憋着哭声的我默默流着眼泪，偷偷望向屋内，都筑新正目不转睛地盯着电视。我在茶壶里放上绿茶，又从碗柜里取出一个玻璃瓶，把瓶里的少量东西掺入茶里。再把暖瓶里的热水倒进茶壶，趁着泡茶的时间，拿起一旁的厨房纸巾，用力地擦了擦眼角和鼻头——上面满是眼泪和睫毛膏的痕迹。

端着两个茶杯，我走进房间。都筑新对我说了声"谢谢"，接过茶杯喝了起来。我微妙地扭过脸，却又斜着眼睛观察他的样子。

没过几分钟，都筑新就开始说觉得特别痒。我一动不动地看着他，这时，他头一次露出了微微有些恐惧的眼神，望向我。看着他的脸，我甚至在想这原本就是他所期望的。是他说，与其做个不顾他人感受祸害别人的人，不如转世投胎成为不伤害任何人，只听大海声音，只在吃饭时才醒来的生物。可是，当看到他满头大汗的脸上冒出数不清的湿疹，我突然害怕起来，想到他真有可能就这么死了，那一瞬间，我匆忙伸出了手——他用手捂着胸口，整个人都在拼命地大口呼气，他的身体掠过我伸出的手，径直倒在了地板上。

接着都筑新失去了意识。

和他的母亲在医院的走廊里说话时,我一直不敢抬头看对方,低着头讲述了事情的大致经过。想到要走进病房,听他们二人的谴责,我害怕极了。

跟在她后面走进病房,躺在病床上的都筑新,仍是一脸湿疹,他正呆呆地望着医院的天花板,手腕内侧插着输液的管子。

"这么说,你事先并不知情,所以才会在饭后给新喝了荞麦茶,成了现在这样对吗?"

这位母亲一只胳膊上搭着刚脱下来的大衣,慎重地问道。

看我回答不出来,躺在病床上的都筑新看向我这边,说道:"对不起,是我忘记告诉你了。"

他的声音虽有些沙哑,但那语调完全听得清楚。

"可是,你怎么能一点儿也没察觉到呢!"

"我有点儿感冒鼻塞,没闻到。"

为了躲避他们母子二人的面庞,我低下了头。接着为了逃避内心的罪恶感，拼命地在心里重复着能让自己听起来没有过错的语言。

因为要去办理住院手续，他的母亲暂时离开了病房，瞬间压抑的沉默笼罩了整个病房。

"你为什么没和你妈妈说实话，我早就知道你过敏？"听到我这样的问题，他皱了皱眉，一脸懒得开口的表情，"差点儿被雾岛你杀了，这话我怎么说得出口。"

他的这句话让我明白了，在他看来，我所做的一切远比自己想象的严重得多。

"……对不起，可你为什么还要为我……"

"可能我是个缺心眼儿吧。"这句话让我不知是该点头还是摇头，只好沉默不语。

"再加上一点儿也不懂得体谅别人的心情。说真的，我不记得自己做过什么过分的事儿让你这么恨我，以至于要投毒害我。只不过是觉得和你在一起很开心，所以总厚着脸皮去找你。而且我觉得你是那种，如果不喜欢一定会明确说出来的人。"

听着他的话，我始终动弹不得。

"没察觉到,并不等于没有错,只因为没察觉到那可不行,对吧……"

"雾岛,"他说道,"是什么让你无法原谅呢?"

我要说是因为浴室,未免太过可笑,于是默不作声。

他看着眼前的我,叹了口气接着说:"我认真地想过了。从我出生至今,生活上没吃过什么苦,甚至可以说受到了老天的眷顾,然而这一切并不是我如何努力才得到的。几乎都是毫无缘由就得到的恩宠。所以,我觉得也许有一天,会发生与之相反的事。像灾难那样的不幸可能没有任何理由地降临在自己头上,那也是没有办法的事情。给予我的幸运或是不幸,在我看来都必须同样去接受。"

说完他的脸上露出了平静的表情。

"这些……"我在心里小声说道,"你有这样的想法,为什么不早点儿告诉我?"

我一直都很羡慕他,并非生活的环境或是境遇。他对一切都毫不在意的样子,既不嫉妒他人,也不会阿谀奉承的性格,这正是我一直想要却没有的。如果他能早点儿告诉我造就这一切的根本原因，我也许会心无杂念地爱上他吧。但是，我又怎能够以我这样单薄的身躯，爱上一个我完全无法企及的人呢？

"那你不恨我吗？"我问道。

"这种事情，恨你也没什么办法吧。"他说着微微眯了下眼睛。这一刻，我第一次真实地感受到眼前的都筑新忽然有一种难以言表的吸引力。

我们就这样不知沉默了多久。我认真听着，他每一次调整睡姿，沉重的脑袋挤压枕头时的声音、身体与床单摩擦发出的声音都在牵动我的神经。他告诉我自己想起了小时候梦里的情景——在狭窄的护栏里，聚集着庞大的身体。

这时，门外响亮的脚步声越来越近。

那声音像只大手，推着我开了口："不管是多久以后，能不能请你再吃一次我做的饭？"

"那不可能了吧。"

他立刻就说出了答案，但他的脸上看不出生气的表情，反而显得有些落寞。

"因为，说实话，现在的我还真有点儿害怕雾岛了。"

都筑新再次望向天花板。我以为他会就此闭上眼睛，曾在我面前安然入睡的侧脸，如今却是表情僵硬。

我实在不忍直视，低头望向地板。

正好看到自己交叉放在腿上的双手，这双手上留着像好孩子那样圆圆的短指甲，虽还能看到指甲上沾着的鲜艳的颜色，可我明白这双手已经不会再有任何作用了。

"不过，或许下次，你可以去我那里……做饭什么的，我那里不会有大麦茶，而你就可以洗清自己的嫌疑了。"他说着，微笑了起来。

我看着他，默默流下了眼泪。

刚才不小心看见了护士登记卡，上面写着：都筑新，籍贯：千叶县。

在猫和你的身边

"我一直很喜欢你,志麻学姐。"他突然从床上爬起来,看着我的脸说道。

"什么?"我合上正在看的杂志,反问道,"你说什么,狄原同学?"

"是荻原,"他一个字一个字地纠正道,"你以前也常念错吧?我不叫狄原,是荻原。对了,印象里断片之前我好像吐了几次,是吗?"我回答说反正不是在我家,所以没关系。荻原脱下黑色西服,里面是件衬衫。他嘴里嘟嘟囔囔地说自己上不来气儿,然后用食指松了松领带。我取出男士居家服递给他,走到外面的走廊上，等他换好衣服才进屋，然后直奔厨房。

冲了杯放了咸梅干的海带茶，端着回到房间，只见荻原穿着黑色T恤、尼龙裤坐在床上。刚喝了口我端来的茶，他就皱着眉头问道："这是什么？"

"梅干海带茶，能解酒，对宿醉很有用的。"我肯定地说。

他丝毫没有掩饰难以下咽的表情，花很长时间才喝完了手里那杯茶。然后轻轻叹了口气，仰面躺着说："这茶刚喝味道确实有点儿怪，不过喝完还真没那么想吐了，谢谢。"我发现他微微有些出汗了，于是调低了暖气的温度，转身再看他早已沉沉睡去。

因为接到初中篮球队顾问老师去世的消息，为了给这位老师守夜，我们这帮曾经的队员纷纷聚到老师家里。上过香后，男篮队长顺势召集老队员去附近的居酒屋聚餐。不知什么时候荻原坐在了我的身旁，回头看见他时，我忍不住笑了出来。

"笑什么啊？"荻原瞪着眼睛问道，那样子像极了闹脾气的小猫。

"没有啦，是因为我看见你，就想起从前那个一接到传球就定住不动的荻原了。"

这位荻原同学在比赛时，一旦接到队友传球，会因为不知道该往哪儿传，陷入沉思。因为这，他没少挨教练训斥，教练说他像没上发条的玩偶。

篮球队练习时，会将体育馆一分为二，一半男生，一半女生。当时我们关系并没有多好，只是因为他被训斥的样子让人印象深刻，如今长大成人，想起过往，他显得有些难为情。

"你净记些让人讨厌的事。"荻原说道。

"对不起，不过，那时候我都没怎么和你说过话，那些算是我印象最深的了。"

他一脸不高兴，挠了挠额角，眼睛望向地面，轻轻眨了几下，突然对着我说道："志麻学姐的事，我可都记着呢。包括那只小猫崽儿的事。"

头顶传来猫咪小斑点喵喵的叫声，我这才睁开眼睛——它是我养的宠物。我心里想着，也许昨天的事不过是一场梦，接着伸手拿起枕边的眼镜，从被窝里坐了起来，望向床边——荻原睡得正香。我试着在他耳边喊了声:"荻原同学。"他只动了动薄薄的眼皮,再不见其他反应。已经是早上了,略显昏暗的阳台窗外传来大雨噼里啪啦的响声。

在厨房给小斑点弄好了早饭,之后从冰箱里取出没吃完的蔬菜和培根,我决定用这些食材做个汤。窗外的雨声和屋里汤锅煮东西的声音交织在一起,听着听着我大脑一片空白。家里多个毫不相干的外人,由此产生的紧张和不快,似乎全都融化在早晨略微潮湿的空气里了。

正午过后,从旁边屋子里传来了声音,我一回头,看见一双手掀开了厨房的布帘子。荻原什么也没说,一直站在那里,我嗯了一声,刚要跟他说话,就被打断了,"不好意思,我脑袋到现在都晕晕乎乎的,只记得昨天在居酒屋喝多了,好像还倒在厕所门口……是志麻学姐帮了我,是这样吗?"

"是的。"我回答道,"大家都喝醉了,又哭又闹的,根本顾不上你,于是暂且把你交给一旁的我了。要是这样的行为多管闲事了,那我向你道歉。"

"怎么会!你这是帮了我!要是我一直睡在厕所

门口，说不定钱包什么的早被人偷了，而且……"

这时，一直一动不动蹲在我们两人中间的小斑点，突然"喵"的大叫一声，像是在要求我们给予关注。荻原一脸心疼地蹲下来，用食指蹭了蹭小斑点的下巴，边抚摸边问："这是志麻学姐的猫吗？"

"是的，他叫小斑点。"

荻原对小斑点非常友好，看得我也蹲下来，用手轻抚小斑点的头。

"是别人给你的吗？"

"不是，它总爱待在我门外玩儿。但却从不怕人，感觉像是被遗弃的。"

"这样啊，小斑点，你被捡到了可真幸运啊！"荻原和小斑点说着，抬头看了眼墙上的钟表。我站起来，扭灭了汤锅的火。

"对了，荻原你现在怎么样，上大学了吧？"

"是的，志麻学姐已经大四了吧，工作找得怎么样？"

"还行，签了一家公司，虽然不大，但也上市了，现在就等毕业典礼之后尽快入职了。"

听了我的话，荻原连忙说："那可真是可喜可贺呀。"他说话的样子，让我想起初中时——那个时候他在体育生面前也总是操着一口商务男士常用的标准敬语跟大家讲话，因此遭到所有人的讨厌。

"那荻原你呢，是不是过完暑假也该开始准备找工作了？"

"不，我还有五年呢。"

"大学不是四年吗？"这话说得让我有点儿没明白意思，见状他笑着说："我是兽医专业的，所以不是四年，要六年才能毕业。"

原来如此，我点了点头说道："你学的兽医啊，那荻原你可够聪明的啊。"

"那当然了，"他毫不谦虚地说，"不过志麻学姐你看着也挺聪明的。"

"你怎么知道？"

"因为你戴着眼镜啊。"

这家伙还真是个怪人。

看到有人逗它，小斑点兴奋地舔着荻原的指尖，荻原却慢慢抽回手指，站起身来。

"昨天真是谢谢学姐了,不能一直赖在你这儿添麻烦,我也该回去了。"

听他这么说,我点了点头,却转身看了眼燃气灶上的锅,"那个……不介意的话吃了午饭再走吧,其实已经做了你的饭了。"一听这话,荻原立刻收回刚才的话,毫不客气地答道:"那就承蒙您的款待了!"我们面对面在餐桌两侧坐下,荻原喋喋不休讲个没完。一会儿说饭菜味道清淡,一会儿说自己不爱吃胡萝卜。我都一一点头回应,心想就算我一句话不说,这顿饭也不会沉闷,倒也轻松。我把脸凑在热咖啡跟前,弄得眼镜上起了薄雾,正要用T恤袖子去擦镜片——

"你为什么不戴隐形眼镜呢?"荻原手拿叉子对我说道。

"别人说我戴隐形不好看。"

听我这么说他一脸诧异,"正常情况应该是恰恰相反吧?眼镜怎么说都是个附属品啊。"

"我本来就是没什么棱角的脸形,不戴眼镜就更没特点了,那才难看呢,这都是我前男友常说的话。再说我自己也不喜欢隐形眼镜,而且那么坚硬的东西怎么能放进眼睛里呢,太可怕了。"我边说边戴上眼镜。

荻原盯着我的脸观察了好一会儿,像是突然想到了什么,"志麻学姐你睡着的样子和醒来时不太一样啊。"

我吓了一跳,放下手里正要吃的面包。

"我可不知道自己睡着什么样。喂!你什么时候看我睡着的样子了?"

"今天早上。我醒来发现你睡在床旁边的地铺上,小斑点和你裹在被窝里睡得可香了,打着小呼噜,样子真可爱。"

他倒是直言不讳,任我在一旁害羞得不知道该说什么好。

"记得在社团那会儿,感觉你是那种认真死板的人,总是在照顾周围的人,默默承受了很多……啊,能帮我拿一下黑胡椒吗?味道还是有点儿淡。"

说女孩子死板,是在说她是一个没有吸引力的女孩子,所以没有什么值得交往的必要吧?听他说着后面这些话,我感觉也许是自己会错意了,刚才一瞬间的感觉只是因为孤男寡女共处一室吧?

"荻原你才是和从前大不一样了呢。我一直觉得你是那种有点儿懦弱的人。"我说。

"我是社团男生里最差的一个，也应该没什么可强硬的资本吧。志麻学姐一毕业我也立马退出社团了。"

听他这么说，我突然想起昨晚那唐突的告白，心里不禁一惊，急忙问道："为什么退出呢?"

"当时膝盖受伤了。那种毫无章法的练习，受伤在所难免。不过，现在的社团好像变化挺大，咱们那时候的教练总是提倡顽强拼搏，说什么只要有斗志，拼命训练，没有打不赢的比赛……"

听着他的话，我暗暗叹了口气，说不上是释然了，但心里不知怎的有些许的失落。

"是啊，我有时也觉得他有些不近人情。"

"凡是喜欢标榜顽强拼搏的人，天生就讨厌爱讲道理、头脑聪明的人。所以我觉得自己当时一定是被人讨厌的。"

就他这种不知天高地厚的态度、傲慢的言行，遭人讨厌那是理所当然的。讨厌他的人肯定不止顾问一个。我沉思了一会儿接着说道:"不过现在好了,你去当兽医的话,介绍一下病情,聊聊治疗进度就好了,再也不需要和强硬的人待在一起强迫自己了。"

听我这么说,他突然表情严肃地说道:"你知道吗?临床兽医法律上属于服务业哦。那意味着我依旧需要让自己有很强的心理承受能力。"

我"哦?"了一声,抬起头来,荻原苦笑着说:"兽医真正要面对的是人。在法律上动物是被当作物品看待的。所以,通过动物和它的主人交流是非常重要的工作。"

我回应了句"原来如此",稍稍停顿之后问道:"如果是这样,那荻原你又是为什么想当兽医呢?"

听到我这样问,瞬间他表情严肃一言不发。

"荻原?"

"……那个……我们家是开医院的,所以……"他低下头。

我点点头,一边吃面包一边感慨,没想到这家伙还挺踏实可靠。

吃完午饭,我开始收拾碗筷,荻原说要帮忙,拿着抹布认真擦洗湿漉漉的餐具。

他应该不是什么坏人,只是在相处时的距离感上,我们存在认识的偏差。

"那个,这只是我自己的感觉啊,印象中当时我们的关系好像并不是那么要好,对吧?"我问道。

他放下手里擦干的盘子,一脸不可思议地反问道:"说什么啊?我完全不懂你的意思。"听他这么说,我彻底无语,默默地洗起碗来。洗完碗筷,收拾好盘子,也没什么要做的事情了,无奈,我只好再次烧开水冲了咖啡。尽管外面还在下雨,但屋里却很干燥,我觉得脚下凉了起来,犹豫着要不要开电炉子,喝完咖啡的荻原有些不好意思地说了声对不起,接着说道:"能再躺一会儿吗?我又有点儿不舒服。"我赶忙说:"请吧。"看着他钻过门帘走进卧室的背影,我不禁问自己,我的生活从昨天开始究竟是怎么了?过了一会儿,我进屋想看看他怎么样了——在窗帘紧闭的屋里,他仰面躺在床上,一只手搭在额头,望着天花板发呆。

我犹豫着,问了句:"你怎么样了?"

"没事儿,躺着就舒服多了。"

"那就好，给你拿点儿水吧。"说着我正要从床边走开，他微微睁开眼睛，忽然用有些紧张的语气说："比起拿水，能再靠近我一点儿吗？"我犹豫着看向他，荻原的脸上也露出些许紧张的表情。看着他的脸，突然一种亲切感涌上心头，那感觉推着我往床边靠了靠。

一站到床边，荻原也有些不知所措，揉着鼻子说："你总是这么随随便便就让别的男生到家里来吗？"

"不，这是第一次。"

"我，昨天……跟你表白了，还记得吗？"

我吓了一跳，反问道："我……你……那你刚才还说我当时死板又认真……"

"哎呀，那也是事实，不过……"他低头不语。

我有些怅然，没说话。

"……志麻学姐，你现在有交往的对象吗？"

我回答没有，躺着的荻原伸出右手，轻轻握住了我左手的指尖。我能清晰地感觉到他手指坚硬的关节——这是一双又瘦又灵巧的手。

我跪坐在地毯上，和他躺下的高度保持平齐。这时，眼前忽然被一个人影遮挡。

我闭上眼睛再睁开，荻原左手正握着我的眼镜。

"你能看清到哪里？"他问我。

我回答："近处的东西基本都能看清。"

"是吗？能看那么清楚。"

"你是不是以为我近视很严重？"

"是因为屋里有些暗，所以感觉你总是眯着眼吧？"他小声说道，看得出他有些紧张。可那只握着眼镜的手却像是握着一枚小小的鸡蛋，轻巧，没有任何强迫感。

荻原先将眼镜放在床头柜上，用左手碰了碰我的脸颊，然后又移动到嘴角，突然顺着嘴唇不急不缓地把拇指探进了我的嘴里。不安的我，条件反射地咬了下去，荻原一声没吭，默默地抽出手指，笑着说："和你的猫一模一样。"

"志麻学姐，你现在在想什么？"

我想了想问道："你喜欢猫吗？"

"为什么这么问？"他问道。

"没什么……我在想你是不是喜欢猫。"我接着说。

"喜欢。"他轻声答道。

"那就好，这下我就放心了。"我闭上了眼睛。

有好一会儿，他什么也没说，只是摸着我的头发。不久又突然凑过脸来，亲了我。

我们睡着了。

醒来后，荻原一边环视昏暗的房间，一边懒懒地嘟囔说他得回去了。我暧昧地点点头，心里却在想些毫不相干的事情——为什么和陌生人一起睡觉，就算不上闹钟也会和那个人同时醒来呢？荻原看上去非常疲惫，打了个哈欠，再次被困意打败，竟往肩头拽了拽毛毯，重新躺下对我说道："咱们干脆就这样一起睡吧。"没等我开口，他就闭上了眼睛。我一边看着他的侧脸，一边回忆昨晚的告白。如果那是真的，该有多开心。但如果那只是幻梦的泡影，当泡沫破裂，我又该有多难过呢。

我不愿再多想，也闭上了眼睛。

傍晚，荻原说到底还是得走了，向我借了雨伞便离开了。我借他的是把大红色的长柄雨伞，因为这颜色他多少有些不好意思。

送走他,我关门走进屋里。突然觉得整个房间都变大了。我把荻原穿过的居家服和其他要洗的衣服放进洗衣机,按下开关。在等衣服洗好的这段时间里,我伸展双手双腿,在地毯上闲躺着,小斑点蹦蹦跳跳地走过来,在我面前叫着,嘴里全是刚吃过食物的味道。

衣服洗好了,我把还有些湿漉漉的衣服放进塑料洗衣袋,披上薄外套走出家门。原本熟悉的街道,因为下雨变得朦胧,被雨水打湿的樱花花瓣,从枝头飘落。也许是今年的冬天比较暖和,樱花开得早,世界也开始变得绚丽多彩。只是因为那一丝若有若无的执迷,我的心情却还像伫立在深冬的寒风里。我在自助洗衣店脏脏的铁腿凳子上坐下,跷起一只腿一边晃着一边望向烘干机里不停旋转的T恤衫,这才意识到我和荻原竟连联系方式都没有留。

突然感觉好像有谁在看我,我朝敞开的大门望去,在被雨水淋湿的人行道上,一个熟悉的身影因为被我发现,只好羞涩地从我的眼前一闪而过。

我停下晃动的腿，呆在那儿好久都动弹不得。

"还真没想到，志麻你居然也这么'粗心大意'，不——谨——慎啊。"

春野从小斑点身子底下拿过坐垫，任它喵喵叫个不停，接着捏扁易拉罐，将她漂亮的长头发往身后一甩。春野一边把手伸进花生米果的袋子里，一边说道："嗨，不过嘿嘿……再怎么说，你也比我这个二十三年都没交过男朋友的母胎单身要强。"她面无表情地咯吱咯吱嚼着花生米果，那样子怎么看都像个男人。我给小斑点递了个眼神，让它放弃夺回自己垫子的念头。

"……哎嘿嘿，不过再怎么说，也是学弟啊。好多年没见过的社团学弟，那不就是没一点儿关系的陌生人嘛。"

"是啊……"

"但是，志麻你不是也觉得那孩子挺好，应该会和他交往的吧？"

我沉默了，拿起桌上的廉价发泡酒喝了一口，仿佛是在告诉她自己并没有交往的意思。这让她惊讶地皱着眉说道："没打算交往却在一张床上睡了一觉，你这是要怎么样啊?!"

"没有啦，我们也没做什么出格的事情。再说，他喜欢我，这可能原本就是一个误会。毕竟中学时的我，是那么朴素又不起眼。"

"就是那样的你，上了大学不也变成现在这样了吗?"

春野肯定地说道，一只手拿着发泡酒的她长了一副清秀可爱的面庞，不过再看她穿着裙子却硬要盘腿坐的模样，着实让人担心她这不淑女的样子以后会怎样。

"但是，我们已经三天没有联系了。"

两个人都没有交换电话号码，怎么可能联系呢? 想到这儿，我的情绪再次陷入悲伤。

"那个叫荻原的，究竟是个什么样的人啊?"听到她的问题，我晕乎乎的脑袋开始飞速运转。

"嗯，有点儿爱强词夺理，但人倒是正派规矩，对我的猫也特别好。"

我以为春野又要说我傻瓜了，可她直勾勾地盯着我看了半天，然后语重心长地说："志麻，你终于在恋爱的战役中振作起来了，太好了！"

我回答："……可能吧。"

"是啊，你去年还动不动就给我打电话，说家里待不下去了，要来我家住。要么，就是打电话说自己要是突然哪天没了音讯，让我立刻报警。说真的，我当时真以为你说不定会死掉呢，吓死我了。那种情况再有第二次的话，恕不奉陪啊。"

我和春野一直喝到快天亮，她说还和别的朋友约好了第二天一起喝酒，所以赶第一班电车回去了。

宿醉的我难受到中午，连衣服也没换就钻进被窝，转头发现枕边坐着的小斑点正目不转睛地俯视着我。那可爱的小眼神里满都是对我的担心，我任性地沉浸在这份感动里，伸手将这毛茸茸的小家伙紧紧抱在怀里，突然玄关传来门铃对讲机的响声。我急忙起身脱掉衣服，从壁橱里拽出件衬衫式连衣裙换上，边扣扣子边探头望向猫眼——是荻原！我吓了一跳，打开了门。他穿着件淡蓝和奶白色相间的条纹 T 恤衫，上面搭了件黑色夹克，下身配条卡其色帆布裤子，整洁利落，一只手握着那把大红色的雨伞，站在门口。而我却只穿了件皱皱巴巴的连衣裙，跟他一比我这身打扮真是太不像样了，着实让人不好意思。

"怎么了？"我一边用一只手整理头发，一边假装淡定地问道。

"我是来还伞的。"他答道。

我说了声谢谢，接过红雨伞："只是为了还伞专门过来一趟？"听我这么问，他立刻答道："不是，前阵子太忙了，所以没能来见你，但又很想你，这不一有空就赶紧来了——"就在我睁大眼睛听他讲话时，突然感觉两只手臂伸向了我的后背——他一把将我搂进怀里。

我们在狭窄的沙发床上隔着睡衣紧紧拥抱在一起，两双脚传递着彼此无法按捺的温热，激情的欢愉即便结束了，我也还一直沉浸在那种感觉中无法自拔。

直到太阳下山，荻原也没有说要回去，于是我们结伴出门，打算去附近的超市买些晚餐食材。

就在我犹豫要不要买打折卷心菜时，发现一旁的荻原不知什么时候没了踪影。我在店里转来转去到处找，抬头却看见他手里提着购物袋，正从二楼的日用品卖场走下来。荻原看了眼手里的购物袋，说道："这儿真便宜啊，我买了好几样想要的东西。对了，还有纱布。"

"纱布？"

"我看小斑点的牙齿有点儿脏，想着帮它清理一下。"

我谢过荻原，转身拿起一颗圆圆的卷心菜放进购物筐，这卷心菜就连最外面的叶子都很干净。吃过晚饭，我们一起收拾厨房，荻原站在我身旁默默地擦着盘子，突然开口问道："志麻学姐，你一定是那种有了男朋友就会倾尽全力坚持到底的类型吧？"

听他这么问，我一边用力蹭着锅底的顽渍，一边回答："不知道啊，和男人谈恋爱的经历，我也就仅有之前那么一次。"

"啊？那我穿的这件睡衣就是那位前任的吗？"

"怎么可能？这是我爸寄来的，他说我一个人住，为了安全，光在阳台上晾个男士内裤可不行，所以又给我寄了这个。"

听我这么说，他难以理解地问道："你就没想过，与其让父亲这么担心，还不如早点儿交个男朋友？"

"我又不是交际花，想交就能轻松交到男朋友吗？虽然说这样的话让人挺难为情的——记得上次被人表白还是小学的事儿，就那一次我也是顶高兴的。"说着我只感觉手下钢丝球的声音越发刺耳，与其说是刷锅声，不如说是砍锅发出的声音。

听我这么说，荻原呆呆地笑着说："志麻学姐好像不怎么受欢迎啊。"

一听这话，我举起满是洗洁精的手，想要堵住他这张口无遮拦的嘴，想想算了，又放下手来继续刷锅。心想他说的倒也是事实。

"志麻学姐，那天晚上你为什么要照顾我呢？"

"因为我心地善良。"

"哈哈，开这种玩笑，您不觉得不好意思？"

我怅然地看着他。仔细观察，这家伙明明一副不以为意死皮赖脸的样子，乍一看却给人爽快干脆的感觉，这都归功于他洁白细嫩的皮肤，他的皮肤白嫩得像个孩子。就算前一天睡乱了头发，下巴的胡子也没顾上刮，也不会有人觉得他是个毛发浓密的邋遢鬼。

至少人家皮肤白啊，我这么想着，摸了摸自己的脸颊。突然想抽烟——饭后烟怕是不能省。"我去屋顶透透气，马上回来，你看门吧。"说完我解开扎着的头发，拿起架子上的烟和打火机走出厨房。登上最后一级台阶，就来到了漆黑一片的屋顶，灰色的栏杆外面，能看到东京第二都心的新宿区，正闪烁着耀眼的光芒。

享受黑夜中繁华的夜景，我拿出一支烟，想用打火机点上，可风太大，试了几次火苗都被风吹灭了。烟头终于微微泛红，我靠在栏杆上吐着烟，望向对面似乎永不会熄灭的灯海，陷入沉思。

身后传来脚步声，像是有人上楼了，我回头，见到荻原正站在那里，他看着我手里的烟，说了句："没看出来，你还会抽烟啊！"

"前男友不喜欢我吸烟，说女人在大庭广众之中抽烟太丢人。"

他像是完全不在意抽烟这件事，对我说道："我可不是那种小心眼的男人。相反，对于抽烟，我也小心翼翼忍着呢。"说完他把右手伸到我面前，手心冲上。尽管我心里多少还有些不安，但还是把烟和打火机递了过去。他把烟放进嘴里，熟练地点着，在吐了一口烟之后说道："烟这东西，抽的时候什么都不用想，能够让人彻底放松，真好。"

"对啊，什么都不用想……"

时间随着在暗夜中飘浮的烟雾流逝，时而停止徘徊，时而随风飞驰。

"抽完这支烟，能借用下浴缸吗？昨天我也是只洗了淋浴，没能泡澡。"

"没问题。"我说。

"我一个人洗，浪费水电，咱们一起吧。"

听到这儿，我瞪大眼睛看着他。

"……哎呀，这样比较节约嘛。"

"不行，我拒绝一起泡澡。"我拼命摇头，荻原看着我，像是在对付一个不听话的小孩儿。

"志麻学姐……"

"怎么了？"

"……你还真是没怎么和男生交往过啊。"

"……你也还真是不怎么会说话啊。"我感觉自己被戳到了痛处。

"话说回来，荻原你怎么就能如此坦然地在别人家住下呢？"

"那是因为我觉得，刚开始交往就是应该这样啊。"

我正要说"哪有这种事"，突然想到，可能原本就应该是这样的，只是自己不知道罢了——这样随口就能说出心里真正想要的东西，也是我不曾有过的经历。

"这么说来，你看上去不是挺受欢迎的吗？"我问道，言下之意是在询问他为什么找上我。

"那倒是，和志麻学姐比起来我确实还比较受欢迎。不过一旦开始交往，好像就不怎么顺利了。"

我明白他恋情之所以不顺利，元凶就是那张说话不过脑子的嘴。但我并没有告诉他，而是选择了沉默。这个时候我感觉因为吸烟的缘故，身体中的氧分开始变得稀薄了，用这样的身体再一次欣赏眼前的美景，我吐了口白烟，突然觉得眼前一阵眩晕，仿佛整个景象都晃动了起来。

荻原喜欢看NHK的节目，尤其是那种介绍生存在不知名小岛的动物的特辑。场面壮观又质朴的节目是他的最爱，他经常看。只要在书上看到什么新的知识，他也会告诉一旁的我。看完每周期待的节目，关上电视，荻原会以要检索资料为由，借用我的笔记本电脑。我端着茶递给他，瞥见他正浏览的页面——那是横滨市某个动物园的主页。

"你在看什么？"站在电脑桌旁的我，一边喝着红茶一边问道。

"是饲养员写的园内日记，没事儿我就会去看看。"

"在动物园工作的人都是兽医吗？"

"不，如果是在园内的动物医院工作，就必须是兽医，但饲养员的话，不是兽医也可以。不过，现在饲养员的招聘比较少，大家都在等空位。所以，最近听说还是有兽医执照会更容易找到工作。"

"荻原，你是从一开始就决定要继承自家的宠物医院当兽医吗？"

"并不是。"

他不假思索地回答，吓了我一跳。

"那你有什么其他想从事的工作吗？"

他回过身来，眼睛朝上望着我说道："志麻学姐小时候的理想是什么？想成为什么样的人呢？"

听到这个问题，我的嘴紧紧绷成一条线，说："记得小学毕业纪念册里，我写过想当钢琴家……"

"哦？那你是几岁开始练琴的？"

"……我没学过钢琴，为什么那时候想成为钢琴家，至今也还是个谜。"

"……啊，这样啊。"荻原一脸费解，喝了口手里的红茶，小声说了句，"好甜。"他的语气让我听不出他是喜欢还是不喜欢。过了一会儿，他突然说："哎呀，想吃蛋糕了，突然好想吃蛋糕！"说着他关了电脑站起身来，披上黑色夹克，对我说："咱们去哪儿吃点儿甜的东西吧！"

"蛋糕的话，这附近有家营业到深夜的咖啡馆，那里的芝士蛋糕很好吃……"

只听他喊了一声"芝士蛋糕",便冲出了屋子。我犹豫了一下,也抓起外套追了出去。春天的黑夜总是那么温柔,像是无论走到哪儿都能紧随其后似的。我们并排走在空无一人的春夜街头,耳畔传来荻原细碎的脚步声。突然,他停下来,对我说:"能牵着手一起走吗?"说着他伸出了手。我紧张了一下,伸出插在外套口袋里的右手,轻轻放在他的掌心,他稍稍用力拉着我——不知道别的国家的人会怎样想,但是对于一个像我这样的日本女人,这远比在昏暗房间里脱了衣服调情要羞怯得多,但我的内心深处却是满满的幸福。牵着他的手,我抬起头来,心里似乎有个声音在高喊。仅仅是牵着手,眼前的一切都变得如此绚烂,包括这风和风中阵阵丁香花的香气,还有暗夜飞舞的樱花……一切都和几秒钟前看到的世界完全不同了。

"嗯,感觉我们现在这样好像情侣啊,真好。"

听荻原这么说,我知道此刻我们想法一致。

"好期待吃蛋糕,一个大男人,在咖啡馆点蛋糕之类的,总会有些不好意思。"

"你喜欢吃甜食啊?"我问道。

"志麻学姐好像并不是很喜欢,对吗?"

"嗯,我可能更喜欢吃辣的,不过那家店的芝士蛋糕不是特别甜,我还是挺喜欢的。而且上面的蓝莓酱也够酸,能吃到大粒的果肉,证明是手工制作的。"

"你们女孩子轻轻松松就可以相约一起去吃,真好。"

我点头同意荻原的说法,这时我们已经走到了咖啡馆门前那条街上,远远看着那红砖外墙,我突然有些不安。

"荻原,要不咱们还是不去了吧。"

"为什么?"他突然反问道。

"那家店,从前我常……"刚要开口我又一言不发,荻原扭过脸看着我说道:"你还想着前男友吗?"在他豁达的笑容消失之前,我赶紧开口说:"不,从前我的确和前男友常来这家店,但我现在已经再也不想见到他了。"听到我这么说,他笑了起来:"原来如此。没事儿,要是偏巧遇上了,我会像赶苍蝇一样把他轰走的。"

我打量了一下他并不高大的身材,笑着回答:

"那就拜托你了啊。"

我来到久违的咖啡馆,这会儿店里只有两位顾客,从吧台飘来阵阵咖啡的香气,一位大叔背对门口,坐在吧台边看书,我们在靠里的位子坐下。当服务员端来芝士蛋糕,荻原立刻切下蛋糕上蓝莓酱最多的一块,用叉子送进嘴里。"确实好吃,芝士味道不错,蛋糕坯也很特别,虽然没有用上乘的柚子夹心卷,但那种像饼干一样的碎块儿,口感也很不错,像我们家做的手工蛋糕。"听着他的评价,我也认同地点了点头,"是啊,就像一年只能品尝一次,妈妈亲手做的蛋糕,总让人觉得非常美味。"

"哈哈哈,志麻学姐的妈妈是不是不太会做蛋糕点心这些啊?"

听到有人这样说我的家人,多少都会觉得颜面受损,可看到他天真无邪的笑脸,我立马觉得这些都无所谓了。

"话说回来,在志麻学姐家总有小猫黏着,这会儿才感觉我们好像头回单独相处。"

听他这么说,我放下杯子,抬起头来,望向店门的方向。

"怎么了?"

"没事儿,那你是不是不喜欢在我家?"

"完全没有,感觉特别放松,因为太舒服了,我都有点儿想赖着不走了,怪不好意思的。"

其实我有很多事想问荻原。比如,为什么会在中学时喜欢上我,现在对我又是什么感觉?他在大学发生的事、朋友的事、过去的恋情等等。不知什么时候,他面前盛蛋糕的碟子已经空了,当看到他仔细叠好蛋糕下面衬着的锡纸,我心中不禁感慨——吃相优雅的男生真好。光是想到这些就让我心头一暖,此刻我意识到,自己已经喜欢上他了。

当荻原再次说起那句"一起泡澡吧",这仿佛成为我们之间一种开玩笑的方式。"好啊,顺便帮我搓搓背。"我一边拿着遥控器换台,一边说道。

听到我的回答,他惊讶地说:"怎么这么爽快,难不成你背着我整形了,所以特意要炫耀一下?"

"我可没有那种值得炫耀的身材。"

他只是笑了笑，并没有接我的话，这让我多少有些不好意思。

浴室里腾起了水蒸气，视线模糊不清。我先他一步进了浴缸，把下巴担在浴缸沿儿上。这比想象中轻松许多，无聊的泡澡时间，有个人陪着一起说话也是件挺不错的事。荻原先是洗了头发，之后用双手把湿了的刘海儿梳到后面，露出窄窄的额头和有型的眉毛——他俊朗的五官也比平时清晰了许多。他两只脚依次迈进来，浴缸的水位也跟着慢慢升高，等到不再有水溢出，我伸手摸了摸荻原的额头"啊"了一声，他赶忙问："怎么了？刘海儿是不是短点儿比较好啊？"

"那剪掉它吧。"我因为害羞，小声嘟囔着。

荻原轻轻眯着眼睛，像是在专注地聆听，一言不发，过了一会儿说道："小斑点时时刻刻跟着你，可却从没有见它进过浴室，是不是怕水啊？"听他说着，我突然发现溅起的水花听起来很像小猫的叫声。

"是啊。"我答道。

"不过那小猫还真是不认生。都怪志麻学姐太会照顾它了。就像之前你这位学姐总是会在晨练前陪着学弟学妹们练习一样。"

这家伙居然喜欢那样的我,想到这儿,比起高兴我更多感到的是不可思议。

"今天早上,我居然梦见咱们社团了,好久没做这样的梦了。梦里我因为没投中球,正在挨骂,这时志麻学姐走了过来,就是现在的模样,不过手里端着给我煮的年糕小豆汤。"

他说的这种梦,恐怕连弗洛伊德也无法解释。我心想。

"下次给你做年糕小豆汤吧?"我问道。

"真的吗?那能不能不用年糕,改用糯米团煮小豆汤啊?"

我笑着看向水里自己的身体。在浴缸里泡着,每一寸肌肤都显得无比滑腻。

"志麻学姐你做什么梦了吗?"

"做了,"我边往身上淋水边回答道,"我梦到自己回老家了,和父亲聊着天。好久没有见父亲了,他原本有些谢顶的脑袋上,不知何时长满了浓密的头发。可能就因为这头发,让我一度感觉他不是我的父亲。"

荻原忍不住笑了起来:"什么啊你这梦。"

"我也不知道,所以我总觉得那人不是爸爸,是其他什么人,以至于最后竟和他聊了些平时不愿讲的话,听得他满脸悲伤。我简直太不孝顺了,真是讨厌。"

"有什么不愿对父母说的话啊?"

"应该有很多吧。"

和荻原聊着,因为太热,我竟有些出汗,不知不觉脸上的汗水流到了眼睛里。

"浴缸里可真热。"荻原小声说道。

"那咱们出去吧。"说着我背对着他站了起来,这时他从身后一把拉住我,将我搂在怀里。

我的手扶在墙壁的瓷砖上,视线都被染成了和瓷砖一样的蓝色,膝盖以下泡在浴缸的部分,像是被什么抓住了似的动弹不得。耳边响起擦拭身体的声音,那声音和小猫的叫声重叠在一起,胸口一阵起伏,我紧紧闭上了眼睛。仿佛黑暗中传来淋浴喷头猛烈的水流声,其实只有浴缸晃动的水面,偶尔有溅起的水花在寂静中发出了两声回响。

第二天睁开眼，荻原已经起来，靠在床头翻着杂志。我一脸迷茫，呆呆从床上爬起来，他仰起脸对我说："早啊，我已经给小斑点弄过早饭了，你再睡会儿吧。"

"谢谢，"我揉着眼睛说道，"肚子好疼。"

"身体不舒服吗？"荻原担心地问道，那语气就像在担心发高烧的孩子。

"没事，只是单纯的生理期到了，我猜昨天夜里就来了。可能是做了'不习惯'的事，身体没有适应吧。"

"那你饿不饿？已经快到中午了。"

"不用担心，我挺有食欲的。做点儿什么吃的吧？"

他合上杂志放在地上，"偶尔也让我做一下吧，净吃你做的饭挺不好意思的，你躺着休息吧。"说罢，他径直走出了卧室。

荻原在外面准备午饭，我仰面躺在床上，强烈的阳光从窗外照进来，刺得我眯起眼睛。就连空中飘浮的灰尘，看上去也像是一道绚丽的光影，刻画在隔着玻璃窗的蓝天背景上。

"饭做好了。"荻原说道,我应声起身,走向餐桌,只见桌上摆好了两份冰镇乌冬面。我一边嘬着乌冬面一边点头,"真爽口,太幸福了,特别好吃。荻原同学你做饭还真有两下子。"

听了我的评价,他一脸惊讶地说:"是吗?我们家因为妈妈是宠物医院的护士,总在医院加班,所以我经常自己做饭。都是照着食谱做的,也不清楚味道怎么样。"

"不会哦,做得很好,鸡蛋煮得恰到好处。"

乌冬面的正中间放有煮好的猪肉和溏心鸡蛋,用筷子搅破蛋黄和清香的猪肉片拌着一起吃,那味道好极了。

"嗯……那种简单的,一下子就能做好的东西,我可能比较擅长吧。"

"从没想过还会有人为我做饭,真幸福!"我说。

看到我在笑,他很是意外,放下筷子,眯起眼睛看着我。

"怎么了?"我问道。

"没有，只是觉得这好像是我头一回看到志麻学姐如此灿烂的笑容。能为你做些什么让你这么开心，真是太好了。"

看着他微笑的脸庞，我心里忽然涌起一阵剧烈的疼痛。

"荻原同学，"我接着说道，"我有话和你说。"他还保持着刚才的微笑，摇了摇头对我说："有什么话吃完饭再说吧，现在是吃饭时间。"

"是很早以前就想对你说的话。"

"志麻学姐，"他脸上依旧带着微笑，直勾勾地盯着我的眼睛说道，"是不是没办法喜欢上我？"

听他这么说，我停下筷子陷入沉默。

"我一直借着第一次来你家的事儿赖着不走，还做出一副和你交往的样子，志麻学姐你却从没说过喜欢我，更没说过要和我交往……好吧。我知道你迟早会开口和我说明的。"

"不是的！"我开口说道，"你也从没跟我说过这些啊。"

"我一开始不就和你说过了吗？一直都很喜

欢你。"

"所以，这才让我越发想不通，从前的我们也并没有很要好，相反荻原你甚至对我很冷漠。"听我这么说，他直言不讳地表示认同，"的确如此。因为一开始我确实不太了解志麻学姐。"

"是啊，我也觉得你可能不了解我。"我叹了口气说道。

我一直都不是太在意这类事情，所以才会在听到他说喜欢我时有些不知所措。

"志麻学姐，每次社团活动结束后，只要别的学长邀请，你都会跟他们一起去家庭餐厅或是麦当劳，并且会一直陪他们到最后。有一次只剩我们两人，你对我说，一整天要陪着他们太累了。还记得这事儿吗？"

我回答："不记得了。"

"我当时就想，既然那么累，你就不要去顾及他人不就好了嘛。"他放下筷子，用说不清，道不明的眼神看着我，"小猫崽的事你还记得吗？正因为看到了当时的志麻学姐，我才第一次下定决心，想要继承家里的宠物医院,之前我对这些可是一点儿也不感兴趣。"

听到这里,我才终于想起他所说的小猫崽的事。

记得那是一个寒冷的冬季清晨,校园水管附近的积水结了冰。我去涮洗抹布,因为好玩儿,就拿起石头去砸那冰块,随即传来清脆的响声——冰面碎了。我一只手拿着拧干的抹布正要返回体育馆,却看到校园樱花树附近飘着一团黑色的东西。仔细一看,一株枝叶茂密的树上落着好几只乌鸦。这时荻原也刚好过来洗抹布,我招呼他和我一起走近看看,锋利的树枝层层叠叠围了好几层,从那里面传来微弱的声音……是一只小猫崽。

"想起来了,我们一起捡起地上的石头,驱赶那些乌鸦。"我点头道。

"何止这些,"他说道,"后来,那只小猫崽吓得浑身发抖,一个劲儿地叫唤,但就是不愿从草丛里出来。学姐你见这情况,让我去学校餐厅要来了牛奶,自己留下来守着小猫,想试试能不能用牛奶把它引出来。当时我还跟你说,牛奶是冰的。在这么冷的天气,给小的猫喂凉牛奶可能适得其反。"

"好像有这么回事。"我说，可能是我当时光顾着照顾小猫崽了，完全不记得自己说过、做过些什么。

"听我说完，学姐你说了句'对啊'，然后突然揭开牛奶盒盖，把奶倒在手心里，一边哈气一边想用体温把奶焐热了喂给小猫吃。"听他说到这儿，我算是彻底想起来了。白色的液体从我冻得发红的手指上流向地面，然后渗进土里。我把脸凑近手边，想用哈气把牛奶焐热，鼻子却满是浓浓的牛奶味儿。

"因为家里开宠物医院，我从小就能直接或间接接触到饲养宠物的人，早就知道他们不是什么圣人。养了多年的小狗，只要染上重病他们会立刻到宠物医院申请安乐死；要么就是不小心把有毒的植物放在室内；还有人因为工作经常去国外出差，会把自己的猫长期寄养在宠物医院的动物旅馆。当然每个人都有自己不得已的理由，我也很尊敬没日没夜努力照顾这些宠物的父亲。可是嘴上说着喜欢小动物，实际并没那么做的宠物主人实在是太多了，所以我觉得这些人不可能真正喜欢动物。"

我一句话不说，听他讲着。

"不过，当我看到志麻学姐你，手上沾满牛奶还毫不犹豫伸进杂草丛给小猫崽喂食，整个人都震惊了——当时的我只知道看着惊叹，却什么也不会做，这让我觉得很是羞愧。我深信眼前的这个人，并不是想给别人留下什么好印象，只是单纯地喜爱动物。从那天起，我就牢牢记住了志麻学姐——"

"荻原同学……"

"嗯？"

"谢谢……"我小声说道，脸颊绯红。

"我想说的话都说完了。"

"荻原……"

"怎么了？"

"真的，即便是现在，我还是会有些害怕。"

"为什么？"他难以理解地问道。

"从前和我交往的那位，他的情绪有些不稳定，我们曾经一起住过一段时间。他不喜欢猫。"

"他是不喜欢所有动物还是……？"他问道。

"不，只是不喜欢猫。听他说挺喜欢狗的。他是个容易感到寂寞的人，而且占有欲很强。有时候我忙着照顾小斑点，没听他讲话，他就会勃然大怒。"想到这里，我连呼吸都开始急促了。即便是现在，只要聊到他的事儿，我都会觉得心跳加速，这种感觉连同当时遭受的恐惧，仿佛一直在折磨着我。

"一次我打完工回到家，在走廊就听到他歇斯底里的怒骂声，开门就看见小斑点正卧在玄关的鞋柜边上吓得浑身颤抖。他说小斑点咬烂了他重要的文件，所以才这么生气。这是我第一次感到害怕。"

"你们是因为这件事分手的吗？"

我摇了摇头。

"是花洒……"

"什么？"

"是因为我听到花洒的声音。一天我因为约了女性朋友见面，回家有点儿晚，推开家门，房间里一片漆黑，也没有看到总会在玄关迎接我的小斑点。就在这时我听到浴室传来花洒喷水的声音和小猫疯狂哇哇大叫的声音。"那时浴室的磨砂玻璃并没有因为水蒸气变模糊，溅到我手背上的水滴是冰凉的，这时小斑点猛地冲着玄关跑了出去。我这才看到自己的前男友挽着袖子和裤腿追了出来，他一边怒吼一边向外跑去，我条件反射般地抓住了他的衣角。

"他回过头来，当时我整个人都混乱了，也没太听清楚，只记得他说，好像是因为给我打了多次电话都无法接通，所以特别生气。我不断跟他解释，吃饭的地方在地下室，信号不好。吃完饭我急着回来就直接坐了地铁。可他却一口咬定，说我是背着他和别人约会去了。还说他原本就讨厌猫。说着他抓起我的两只胳膊，重重把我摔在墙上，我的后脑勺和墙壁碰撞发出了巨大的响声，接着他伸手掐住我的脖子，那一刻我真觉得自己会被他杀掉。"

听到这里，荻原不再问任何问题。

"不过现在想来，估计他也没那个胆子，所以才会拿小猫撒气。他要的感情不允许分给任何人，哪怕是只猫……没多久他就松开了手，却径直向门口走去，我也立马追上去——打开了门……小斑点顺着走廊飞快地奔了出去，那模样已不是我认识的温顺家猫。直面危险激发了它动物的本能，即便那一身皮毛早已被冷水冲透贴在身上，它依旧能瞬间消失在漆黑的夜里。我也不顾他吼我站住的声音，脚上只穿了一只袜子便逃出了家门。跑到公寓门口，看到在街边一角瑟瑟发抖的小斑点，我一把抱起它，飞身跳进一辆出租车逃去了朋友家……"

"志麻学姐……"

"他打了很多次电话给我，求我不要抛下他。那语气好像一个黏人的小孩子。我虽然没有直接问过他，但总觉得也许他真的遇到过被母亲抛弃的事情。经过几番商量，他才愿意从我家搬出去。"

"所以你才会说，再也不愿意见到他。"

我点了点头。

"察觉到他有这样的一面，却没能做些什么帮助他，作为女朋友我觉得自己也是有责任的。不过，我恐怕一辈子也无法理解那种企图把所有情绪都宣泄在那么弱小的生命上的人吧。"我又吃了口碗里没剩多少的乌冬面，接着合上双手说了句，"谢谢你荻原，真好吃！"

"志麻学姐，"荻原字正腔圆地说道，"我们正式交往吧！"

我稍稍沉默了一下，能说的都说完了，不过最后还有一件事——"还有一件事，想请求你同意。记得第一次给小斑点喂食，它还是一只刚出生的小野猫，刹那间，我被它那毫无防备的背影和无比旺盛的食欲吸引，想要一直在它身边，给它喂食，搂着它一起睡觉。那种感觉与其说是源自保护它的那种爱护动物的意识，不如说是自我的强烈的欲望。自从卷进欲望那天起，我有了自己应当守护的东西，已经不想再抛弃它了……我的请求就只有这一件事。"

荻原慢慢吐了口气，郑重地说："志麻学姐，我呢，不仅仅是给宠物们治病赚钱的医生，面对那些不合格的宠物主人，我会明确告诉他们错在哪里，并给予正确的指导。如果我的举动让他们不高兴，那也是没办法的事。成为这样的兽医，是我的理想，这么说也许会有些傲慢，不过，这是从和你一起救助那只小猫崽时起，我已经决定的事情。所以……所以——！"

"我真的很喜欢你，荻原同学！"我抢在他的话前说道。

风铃清响。

那些无比悲伤的过往,或许如今终于可以开始忘记了吧。

后记

《大熊来前道晚安》的撰写始自多年前,如今再次回味作品中的情节,那些活生生的故事仍能让人耳目一新。

人为何有时会主动投身到痛苦的事情当中呢?我至今也没能找到准确的答案。只是,一旦人们假装无视黑暗,那么黑暗会一直存在。只要没有将它暴露在阳光下,就会无数次被卷进黑暗的影响之中。无论生活的状况如何,人都应该寻找自我救赎的道路。这样的想法驱使我在当时写下了这些短篇小说。这些小说多是些在情感上有些沉重的故事,即便如此,处在困境中的人若能一直勇敢地凝视问题,积极面对,那么不再惧怕大熊的日子迟早会到来。

感谢在我遇到挫折灰心气馁时,不断给予鼓励的新潮社的各位朋友。无论是因此书初次与我邂逅的读者，还是一直厚爱我的老读者，感谢你们对我作品的喜爱与支持。

三部作品无论哪一部，若能在您心中留下些许无可替代的印记，我将不胜荣幸。

期待在下一部作品中与各位再相聚。

岛本理生